삼총사

CLASSIC STARTS®: The Three Musketeers
Retold from the Alexandre Dumas original by Oliver Ho
Text © 2007 Oliver Ho ;Questions for Discussion
and Afterword © 2007 Sterling Publishing Co., Inc.
All rights reserved
Korean Translation Copyright © 2025 by Aramy, Seoul, Korea
This Korean edition was published by arrangement
with Sterling Publishing Co., Inc., 33 East 17th Street, New York, NY 10003
through PROPONS Agency, Korea

연초록 세계 명작 18

삼총사

초판 1쇄 발행 2025년 2월 20일
원작 알렉상드르 뒤마 **다시 씀** 올리버 호 **옮김** 조현진 **그림** 김완진
펴낸곳 도서출판 아라미
펴낸이 백상우
편집 정유나 **디자인** 이하나 **마케팅** 장동철 **관리** 한찬미
로고 신명근
등록번호 제313-2009-131호
주소 서울시 마포구 토정로 192 진영빌딩 206호 **전화** 02-713-3257 **팩스** 02-6280-3257
E-mail aramy777@naver.com
ISBN 979-11-92874-29-6 74840 979-11-92874-01-2 (세트)

◆ 연초록은 도서출판 아라미의 브랜드입니다.
◆ 책값은 뒤표지에 있습니다.

제조자명 도서출판 아라미 **제조년월** 2025년 2월 20일 **품명** 어린이책 **제조국** 대한민국
모델명 연초록 세계 명작 18 **사용연령** 8세 이상
주소 서울시 마포구 토정로 192 진영빌딩 206호 **전화** 02-713-3257 **팩스** 02-6280-3257
주의 종이에 베이거나 긁히지 않도록 조심하세요. 책 모서리가 날카로우니 던지거나 떨어뜨리지 마세요.

삼총사

알렉상드르 뒤마 원작
조현진 옮김
김완진 그림

연초록

차례

다르타냥

왕의 군대인 총사대에 들어가기 위해 프랑스 파리로 온 시골 청년이에요. 칼싸움에 뛰어나고 총도 잘 쏘지요. 삼총사와 함께 모험을 하며 깊은 우정을 나눠요.

아토스

삼총사 중 한 명으로, 대담하고 용감해요. 다르타냥을 위해 대신 감옥에 갇히기도 하고, 목숨을 걸고 추기경의 부하들에 맞서 싸우기도 하지요.

아라미스

삼총사 중 한 명으로 모험 중에 큰 부상을 당했지만 꾹 참고 말을 달렸어요. 추기경의 방해로 사랑하는 여인과 만날 수 없게 되자 성직자가 되려고 해요.

포르토스

삼총사 중 한 명으로 자신을 화려하게 꾸미는 걸 좋아해요. 욱하는 성질에다 자존심도 강하지만 적과 싸울 때는 누구보다도 용감해요.

콘스탄스 보나슈

프랑스 왕비의 시녀예요. 어려움에 빠진 왕비를 돕기 위해 최선을 다하지요. 다르타냥이 위험에 처한 자신을 구해 주자 그때부터 다르타냥을 믿고 의지하게 돼요.

버킹엄 공작

프랑스의 왕비를 사랑하게 된 영국의 귀족이에요. 프랑스와 영국 사이에 일어난 전쟁에서 큰 역할을 맡고 있지요.

밀라디

숨어서 추기경을 몰래 돕는 첩자예요. 계략을 성공시키기 위해서라면 나쁜 짓도 서슴지 않아요. 다르타냥이 자신의 사랑을 받아 주지 않자 끔찍한 복수를 꿈꿔요.

리슐리외 추기경

프랑스 가톨릭교회의 우두머리로, 왕의 힘을 약하게 하고 왕비를 쫓아내려고 해요. 무슨 짓을 해서라도 프랑스에서 가장 힘센 권력자가 되고 싶어 하지요.

1장

뮝에서의 모험

뮝이라는 마을은 평소 이런저런 소동이 잦은 곳이었어요. 그런데 1625년 4월의 첫째 월요일에는 무언가 재미있는 일이 일어나는 듯했지요. '졸리 밀러'라는 여관으로 사람들이 왁자지껄 모여들었어요. 수많은 군중이 한데 몰려 다르타냥이라는 젊은이와 그가 타고 온 늙어 빠진 말을 구경하고 있었어요.

다르타냥은 며칠 전, 아버지가 준 편지 한 장을 들고 돈과 명예, 모험을 찾아 길을 떠나 왔어요. 편지에는 총사대 대장인 트레빌에게 다르타냥을 소개하는 글이 담겨 있었어요.

이제 갓 열여덟이 된 다르타냥은 빛바랜 푸른 망토에 깃털

이 꽂힌 작은 모자를 쓰고 있었어요. 얼굴은 마른 데다 홀쭉
하고 까무잡잡했어요. 광대뼈는 도드라졌고 턱은 넓적했어
요. 소년이라고 하기에는 키가 너무 컸고 어른이라고 하기에
는 너무 작았어요. 마치 농부의 아들이 기나긴 여정에 오른
듯한 볼품없는 모양새였어요. 허리띠에 대롱대롱 달린 기다
란 칼이 아니었더라면 무사인 줄 아무도 몰랐을 거예요.

　다르타냥이 탄 늙어 빠진 누런 말도 사람들의 눈을 끌었
어요. 독특한 걸음걸이에다 생김새까지도 이상했거든요.
다르타냥은 기둥에 말을 묶다가 여관 안쪽에 있는 한 남자

를 보았어요. 남자는 마흔다섯 살 정도 되어 보였어요. 파리한 피부에 눈매는 새카맣고 날카로웠어요. 까만 콧수염에 한쪽 볼에는 흉터가 나 있었지요. 남자는 몇몇 사람들과 함께 다르타냥을 보면서 계속 웃어 댔어요.

다르타냥은 흉터 자국이 있는 남자에게 웃지 말라고 했지만 남자는 손가락질까지 하며 더욱더 비웃었어요. 그러자 넌더리가 난 다르타냥은 남자에게 결투를 신청했지요. 둘이 칼을 빼내 들자 남자의 친구들도 와락 달려들었어요. 그런데 용감하게 맞서 싸우던 다르타냥의 머리를 누군가 뒤에서 퍽 내리쳤어요. 다르타냥은 기절하고 말았어요.

얼마 지나지 않아 다르타냥은 정신을 차렸어요. 주위를 둘러보니 여관방 안이지 뭐예요. 여관 주인이 쓰러진 다르타냥을 데리고 들어온 것이었지요. 창문 너머로 볼에 흉터 자국이 있는 그 남자가 또 보였어요.

그 남자는 마차에 탄 어느 젊은 여인과 이야기를 나누고 있었어요. 스물다섯 살쯤 돼 보이는 여인은 참으로 아름다웠어요. 남자가 여인에게 상자 하나를 건넸어요. 열려 있던 창문 사이로 둘이 나누는 이야기가 들려 왔어요. 남자는 여인에게 '추기경의 명령이니 상자를 런던으로 가지고 가라.'

고 말했어요. 다르타냥은 남자가 여인을 '밀라디'라고 부르는 걸 들었어요.

다르타냥은 그 남자랑 마저 결투를 하려고 서둘러 밖으로 나갔어요. 하지만 그사이 남자는 이미 떠나고 없었어요. 다르타냥은 성치 않은 몸과 마음을 이끌고 여관으로 돌아왔어요. 그러고는 그곳에서 며칠을 묵었지요. 여관비를 내느라 가지고 있던 돈이 점점 바닥을 드러내고 있었어요. 다르타냥은 그제야 트레빌 대장에게 전해야 할 아버지의 편지를 찾아봤어요. 그런데 편지가 보이질 않았어요!

여관 주인은 다르타냥이 쓰러질 때 편지가 주머니에서 떨어졌다고 말해 줬어요. 흉터 자국이 있는 그 남자가 편지를 가지고 간 것 같다고 했지요.

"그 악당 놈이 내 편지를 훔쳐 가다니. 기필코 놈을 찾고야 말겠어."

다르타냥이 말했어요.

✦—€

다르타냥은 일단 여관을 떠나 파리로 향했어요. 트레빌

대장의 저택에 다다라 만나기를 청한 뒤 허락을 기다리고 있었어요. 주변에는 여러 총사들이 칼을 들고 훈련하고 있었지요. 총사들이 추기경에 대해 이러쿵저러쿵 이야기하는 소리가 들렸어요. 프랑스는 왕이 다스리는 나라였어요. 하지만 추기경이 권력을 갖고 싶어 한다는 건 누구나 다 아는 사실이었지요. 리슐리외 추기경은 교회의 우두머리였어요. 추기경의 군대인 호위대는 종종 왕의 군대인 총사대와 싸우기도 했어요.

다르타냥은 계단을 오르다가 하늘색 셔츠에 기다란 진홍빛 망토를 두른 키 큰 총사를 지나쳤어요. 총사의 가슴에는 근사한 황금빛 어깨띠가 매어져 있었지요. 화려한 그 어깨띠를 본 다른 총사들이 키 큰 총사를 놀려 대고 있었어요. 다르타냥은 키 큰 총사의 이름이 포르토스라는 걸 알게 되었어요.

그때 포르토스가 다른 총사에게 말했어요.

"나의 친구 아라미스여, 마음을 정하게나. 성직자가 되려는 건가, 아니면 총사가 되려는 건가? 둘 중 하나를 선택하게. 둘 다는 안 된다고."

아라미스가 성난 목소리로 답했어요.

"포르토스, 자넨 허영심이 가득해. 그 어깨띠 좀 보게. 총사가 매기에는 너무 화려하잖은가. 나는 말이야, 성직자가 되어야 한다면 그리할 걸세. 그러나 그 전까지는 총사라네. 그리고 하고 싶은 말은 마음껏 할 걸세. 지금 당장은, 자네가 참으로 답답한 사람이라고 기꺼이 말하겠네."

두 사람이 왜 그리도 성이 났는지 다르타냥은 궁금한 마음이 들기 시작했어요. 바로 그때 트레빌 대장의 집무실 문이 열렸고 들어오라는 소리가 들렸어요.

다르타냥이 안으로 막 들어서던 참이었어요. 트레빌 대장이 잠깐 기다리라는 손짓을 내보이더니 복도에다 대고 세 사람의 이름을 외쳤어요. 이름을 하나씩 부를 때마다 목소리가 점점 커지고 분노가 끓어올랐어요.

"아토스! 포르토스! 아라미스!"

좀 전까지 싸우고 있던 포르토스와 아라미스가 집무실 안으로 들어왔어요. 트레빌 대장은 왕으로부터 전날 밤 총사대가 추기경의 호위대와 싸우다 졌다는 소식을 들었다고 했어요.

"말해 보게, 아라미스. 자네에겐 성직자의 옷이 더 어울릴 텐데 왜 총사 제복을 입고 있는 건가? 그리고 포르토스, 화려한 어깨띠를 두른들 뭔 소용인가? 지푸라기 칼이나 차고 있으면서. 아토스? 아토스는 어디 있나?"

트레빌 대장이 물었어요.

두 총사는 아토스가 몸이 편치 않다고 했지만 트레빌 대장은 그 말을 믿지 않았어요.

"보아하니 호위대가 한 수 위인 듯싶군그래. 여긴 관두고 가서 호위대 대장 자리에나 지원해 봐야겠어!"

더는 잠자코 있을 수가 없던 포르토스가 입을 열었어요. 호위대가 예고도 없이 먼저 공격해 왔다고 했지요. 칼을 채 빼 들기도 전에 총사 둘이 부상을 당해 싸울 수가 없었다고 요. 결국 호위대 병사 여섯에 총사 넷의 대결이 되었지요. 아토스가 크게 다쳤는데도 불구하고 싸움은 계속되었어요. 총사대는 이내 호위대에게 져서 붙잡혔지만 다행히도 가까스로 빠져나올 수 있었어요.

"처음 듣는 얘기로군. 그런 불리한 싸움을 하다니."

트레빌 대장이 말했어요.

바로 그때, 아토스가 들어왔어요. 움직임만 봐도 아직 몸이 성치 않다는 걸 알 수 있었어요. 트레빌 대장이 아토스에게 다가가려던 순간, 아토스가 풀썩 쓰러지고 말았어요. 뒤

따라온 의사가 얼른 아토스를 다른 방으로 데리고 갔어요.

잠시 뒤, 아토스가 깨어났으며 상처도 곧 나을 거라는 이야기를 전해 들은 트레빌 대장은 나머지 총사들에게 미안하단 말과 함께 이만 가 보라고 했어요. 그리고는 이내 다르타냥에게로 눈길을 돌렸어요.

"자네 아버지를 안다네. 참으로 친절하게 날 대해 줬지. 그래, 무얼 도와주면 되겠는가?"

트레빌 대장이 물었어요.

총사가 되고 싶다는 다르타냥의 말에 트레빌 대장은 우선 칼을 가지고 싸우는 기술이 뛰어나야 한다고 했어요. 먼저 사관 학교에 들어가서 검술을 배우는 게 좋겠다고 말했지요.

"아아, 대장님. 저희 아버지께서 대장님께 전하라며 편지 한 통을 주셨습니다. 저를 총사대에 들여보내 달라고 부탁하는 편지였을 겁니다. 저는 이미 검술에 뛰어납니다. 지금 그 편지를 갖고 있었더라면 얼마나 좋았을까요."

다르타냥은 묑에서 겪었던 일과 잃어버린 편지에 대해 대장에게 말했어요.

"편지에 내 이름이 쓰여 있었다고?"

트레빌 대장이 물었어요.

그렇다는 다르타냥의 대답에 트레빌 대장은 잠시 생각에 잠겼어요. 대장이 또다시 물었어요.

"검은 머리칼에 콧수염이 달린 키 큰 남자였는가? 볼에는 흉터가 나 있고?"

"맞습니다. 그자를 다시 찾을 수만 있다면……."

트레빌 대장이 다르타냥의 말허리를 자르며 물었어요.

"그가 어느 여인에게 말을 건네고 있었다고?"

'밀라디'라는 여인이었다고 다르타냥이 말했어요. 우연히 엿들은 대화 내용도 전했어요. 밀라디가 상자 하나를 런던으로 가지고 가라는 지시를 받았다고요.

그때 불현듯 다르타냥이 창문 밖을 내다보며 외쳤어요.

"그자입니다! 뫙에서 본 그 남자입니다. 나가서 붙잡아 오겠습니다!"

트레빌 대장이 채 막아서기도 전에, 다르타냥이 큰 소리로 외치며 냉큼 밖으로 뛰쳐나갔어요.

"도둑놈아! 겁쟁이, 게 섰거라!"

2장
결투의 날

다르타냥은 계단 아래로 쏜살같이 달려 내려가다 한 총사와 쾅 부딪쳤어요. 총사는 너무 아파 비명을 질렀어요.

"아이쿠, 미안합니다. 서두르다가 그만."

다르타냥이 막 걸음을 떼려는데 누군가 허리띠를 움켜쥐고는 끌어당겼어요. 바로 아토스였지요.

"미안하다면 다요? 트레빌 대장이 내 친구들한테 하는 말을 들은 모양이군. 그래서 우릴 막 대해도 된다 생각하는 거요?"

당황한 다르타냥이 예의를 갖춰 다시 사과했어요. 하지만 심기가 불편한 아토스는 사과를 받아들이지 않았어요. 다르타냥은 아무리 아토스처럼 용감한 총사라 해도 진심 어린 사과를 무시하는 걸 참을 수가 없었어요. 그래서 그만 저도 모르게 아토스에게 결투를 신청해 버렸지요. 두 사람은 낮 열두 시에 결투하기로 약속했어요.

다시 서둘러 가던 다르타냥은 정문 앞에서 어떤 사람과 이야기를 나누고 있는 포르토스를 보았어요. 포르토스의 뒤편으로 충분히 지나갈 만한 공간이 있었어요. 그래서 빠르게 휙 지나갔지요. 순간 날파람이 휙 일어 포르토스의 망토 자락이 펄럭였어요. 그 바람에 다르타냥이 망토에 휘휘 감기고 말았지요. 짜증이 난 듯 포르토스가 망토를 확 잡아당기자 다르타냥이 포르토스의 코앞까지 바짝 잡아당겨졌어요.

덩치 큰 포르토스의 망토에서 다르타냥이 스르르 빠져나오며 말했어요.

"미안합니다. 지금 누군가를 급히 쫓아가야 해서……."

포르토스가 다르타냥을 내려다봤어요.

"눈을 감고 뛰나 보오?"

"아닙니다, 아니에요."

다르타냥은 치미는 화를 억누르며 말했어요.

"날 그냥 밀어젖히고 지나가면 될 줄 알았소? 비켜 달라고 부탁을 했어야지."

포르토스가 말했어요.

"마음이 급해 그랬습니다. 매우 중요한 일이거든요. 그런데 당신이 이렇게 길을 막고 있었잖아요. 게다가 덩치도 큰데 망토까지 치렁치렁 길어서…….."

다르타냥의 말에 포르토스가 벌게진 얼굴로 소리쳤어요.

"뭐라고?"

두 사람은 말싸움을 벌였어요. 아토스에게 그랬던 것처럼, 다르타냥은 어느새 결투를 또 신청하고 말았어요. 아토스와 겨루기로 한 바로 그곳에서 한 시에 결투하기로 정했지요.

다르타냥이 다시 뒤를 쫓아 나섰지만 묑에서 봤던 그 남자는 사라지고 없었어요. 그제야 문득 자신이 저지른 일들이 분명하게 떠올랐어요. 트레빌 대장을 두고 그렇게 뛰쳐나오다니 무례한 행동을 하고 말았어요. 한술 더 떠서, 무시무시한 두 사내에게 결투까지 신청하다니요. 그것도 다르타냥이 영웅이라 여기는 두 총사한테 말이에요!

'어쩜 난 이리 어리석을까. 아라미스처럼 되어야겠어. 상냥하고 차분해 보이잖아?'

21

별안간 몇몇 사람과 이야기를 나누는 아라미스가 다르타 냥의 눈에 들어왔어요. 다르타냥은 이번만큼은 조심성 있게 예의를 갖추기로 마음먹었어요. 이윽고 아라미스의 발 아래 쪽에 있던 손수건을 주워 건넸어요.

"여기 있습니다, 총사님. 손수건을 떨어뜨리셨네요."

아라미스가 손수건을 홱 낚아챘어요. 그러자 같이 있던 사람들이 아라미스를 놀리기 시작했어요.

"여, 아라미스. 부아트라시 부인을 모른다면서, 어째 부인 의 손수건을 갖고 있는가?"

"오해라네. 내 것이 아냐. 자네 주머니에서 떨어졌나 본 데."

아라미스의 말에 다르타냥이 거들었어요.

"미안합니다만 손수건이 떨어지는 건 못 봤습니다. 전 그 저 총사님 신발 옆에 떨어져 있는 걸 봤을 뿐입니다."

사람들이 깔깔 웃으며 자리를 떴어요. 아라미스는 다른 방향으로 발걸음을 옮겼지요. 다르타냥은 사과를 하러 아라 미스를 뒤따라갔어요. 안타깝게도 아라미스는 체면이 확 구 겨져서 화가 난 상태였지요. 다르타냥의 사과를 받기는커 녕, 멍청한 행동을 했다며 얼간이라고 윽박질렀어요. 다르타냥은 또다시 욱하고 화가 치밀어 올랐어요. 어느새 아라미스에게 결투를 신청했지요. 다르타냥과 아라미스는 두 시에 만나기로 했어요.

'이거 살아남지 못하겠는걸. 음, 하지만 적어도 내가 존경해 왔던 총사들과 싸우다 죽을 테니, 그나마 낫군.'

다르타냥은 이대로라면 세 결투를 전부 이기진 못할 거라는 생각이 들었어요. 하지만 쉽게 포기하는 사람이 아니었지요. 오히려 어떻게 하면 삼총사보다 한 수 앞설 수 있을까를 고민했어요.

이윽고 열두 시가 되자, 다르타냥은 아토스와 겨루기로 한 곳에 다다랐어요. 허허벌판 한가운데 있는 어느 작은 수도원이었지요. 아토스는 차분하고 위엄 있는 모습으로 기다리고 있었어요. 보아하니 아직 부상 때문에 움직이기가 힘든 듯했어요.

"이보시오, 오늘 이곳에 친구 둘을 불렀소. 곧 올 거요. 그런데 왜 늦는지 모르겠구려."

아토스가 다르타냥에게 말했어요.

"전 아무도 데려오지 않았습니다. 이 도시에 아는 사람이라고는 트레빌 대장님뿐입니다만."

다르타냥의 말에 아토스는 잠시 생각에 잠겼어요.

"아는 사람이 대장님뿐이라고? 허허, 당신이 죽으면 다들 내가 잡아먹은 줄 알 것 같은데! 하여간에 당신은 결투를 하기엔 너무 어리오."

"아토스 님은 지금 몸이 성치 않잖아요. 결투할 수 있으시겠어요?"

다르타냥이 물었어요.

"몸이 아파 결투하기 어렵긴 하오. 당신이 아까 내게 달려드는 바람에 더 아프게 됐잖소. 그래도 한 손으로 잘만 싸울 수 있소."

"저희 어머니께서 주신 약이 있는데 괜찮으시다면 드리겠습니다. 상처 낫는 데 효과가 좋으니 좀 나누어 드리겠습니다. 며칠 있으면 싹 나으실 겁니다. 원하시면 그때 가서 결투해도 좋습니다."

그때 마침 포르토스와 아라미스가 다가왔어요.

"이제야 친구들이 왔군."

아토스가 말했어요.

"저분들을 오라 하신 겁니까?"

다르타냥이 물었어요.

"물론이오. 우린 절친한 친구 사이라오."

아토스가 답했어요.

포르토스와 아라미스가 다르타냥에게 왜 이리 일찍 왔는지 물었어요. 세 명의 총사들은 저마다 다르타냥과 결투하기로 되어 있다는 걸 알고 깜짝 놀랐어요.

"아토스, 왜 저자와 싸우려는 거지?"

아라미스가 물었어요.

"실은 나도 모르겠네. 저자가 어쩌다 내 어깨를 치긴 했는데. 포르토스 자네는?"

아토스가 물었어요.

"나는 말이야."

포르토스가 입을 뗐지만 금세 얼굴을 붉혔어요.

"그거야 뭐, 싸우게 됐으니까 싸우는 거지!"

"옷 때문에 살짝 의견 차이가 있었습니다."

다르타냥이 웃으며 말했어요.

"그럼 아라미스 자네는?"

아토스가 물었어요.

"아, 난 종교 때문에 말다툼이 있었네."

아라미스가 진짜 이유는 비밀로 하자는 눈짓을 다르타냥

에게 보내며 말했어요.

"그리하여 우리 모두가 여기에 모인 겁니다. 사과의 말씀을 드리겠습니다. 오해하지는 말아 주세요. 제가 사과를 드리는 건 모두와 공평하게 결투할 수 없어서입니다. 아토스 총사님에게 먼저 절 죽일 수 있는 기회가 있습니다. 그 말은 포르토스 총사님에게는 기회가 줄어든다는 것을 뜻합니다. 그리고 아라미스 총사님에겐 사실상 기회가 전혀 없게 된다는 말이고요. 그러니 다시 말씀드리자면, 총사님들, 그 점은 미안하게 됐습니다. 자, 결투를 시작하시죠!"

다르타냥이 고개를 숙여 인사하고는 칼을 빼어 들었어요. 아토스와 막 겨루려던 참이었어요. 그때 추기경의 호위대가 우르르 다가오더니 결투하면 안 된다고 말했어요. 그러고는 이내 네 사람을 체포하려 들었지요.

아토스가 친구들에게 말했어요.

"저들은 다섯이고 우린 셋뿐이야. 잡혀가게 되면 트레빌 대장님을 무슨 낯으로 보나. 그러느니 목숨을 걸고 저들과 싸우겠네."

"그 말씀, 바로잡아드려도 될까요? 저흰 넷입니다. 비록 총사대 제복을 입고 있진 않지만 저는 마음만큼은 총사랍니다.”

다르타냥이 말했어요.

“용감한 친구여, 자네 이름이 뭔가?”

아토스가 물었어요.

“다르타냥입니다.”

“좋네. 포르토스, 아라미스, 그리고 다르타냥, 앞으로!”

아토스가 외쳤어요.

다르타냥은 호위대장과 맞서 싸웠어요. 아무래도 호위대
장은 다르타냥이 칼을 휘두르기에는 너무 어리다고 착각하
는 모양이었어요. 짧은 싸움 끝에, 다르타냥이 호위대장의
다리에 상처를 입혀 쉬이 무찔렀어요.

다르타냥은 주변을 훑어봤어요. 아토스가 힘을 잃어 가는
듯 보였어요. 후다닥 달려가 아토스의 상대를 무찌른 뒤 무
기를 빼앗았지요. 그때 아라미스도 제 상대를 무찔렀어요.
얼마 안 있어 호위대장은 호위대가 졌다는 걸 깨달았어요.
그래서 포르토스와 싸우고 있던 병사에게 그만두라고 명령
했지요.

삼총사인 아토스, 포르토스, 아라미스는 전리품으로 호위
병들의 칼을 챙기고는 다르타냥과 함께 사이좋게 싸움터를

떠났어요. 마주치는 총사마다 하나같이 네 사람과 발걸음을 함께했어요. 트레빌 대장의 저택까지 승리의 행진을 벌였지요.

싸움이 났었다는 소문이 여기저기 퍼졌어요. 트레빌 대장은 사람들 있는 데서는 부하들을 꾸짖었지만 뒤에서 몰래 축하의 말을 건넸지요. 이윽고 트레빌 대장은 다르타냥이 총사대와 함께 싸워 승리를 거둘 수 있었다는 이야기를 왕에게 전했어요.

왕은 자신의 총사들이 추기경의 호위대보다 우수하다는 것이 증명되자 기뻐했어요.

"용감한 녀석이로군."

삼총사에게 축하의 인사를 건넨 왕은 다르타냥의 젊음과 용기를 콕 집어 칭찬했어요. 그러면서 금화 몇 닢을 내려 주었어요.

왕이 트레빌 대장에게 속삭였어요.

"총사가 되기 위해선 우선 병사로서 훈련 기간을 가져야 하잖소. 다르타냥이 추기경의 호위대에 들어가 훈련을 받도록 합시다. 믿을 만한 사람을 그곳에 두면 좋을 듯싶소."

트레빌 대장은 이 말을 전하러 다르타냥이 있는 곳으로

갔어요. 그곳에서 대장은 다르타냥이 왕에게 받은 금화를
삼총사에게 보여 주며 뭔가 의논하는 것을 보았어요.

3장
새 친구 새 모험

　다르타냥은 왕에게서 받은 금화를 어떻게 쓰면 좋을지 삼
총사와 의논했어요. 그러자 포르토스가 조수를 두는 게 좋
겠다며 플랑셰라는 젊은이를 소개해 줬어요.

　총사에게는 저마다 일을 거들어 주는 조수가 있었어요.
아토스에게는 그리모, 포르토스에게는 무스크통, 아라미스
에게는 바쟁이 있었지요.

　아토스는 곧 서른 살이 되는 잘생기고 똑똑한 사람이었어
요. 아토스의 조수 그리모는 아토스와 여러 해 동안 함께했어
요. 둘 사이에는 좀처럼 말이 오가질 않았지만, 그리모는 아
토스의 작은 몸짓만 봐도 뭘 해야 할지 바로 알아차렸어요.

포르토스는 아토스와 거의 정반대였어요. 목소리가 무척 큰 데다 몹시 수다스러웠지요. 포르토스는 자신이 아토스처럼 똑똑하거나 기품 있지는 않다는 걸 알고 있었어요. 그래서 값비싼 물건을 몸에 둘러 사람들의 관심을 끌고 싶어 했어요. 심지어는 자기가 입던 화려한 옷을 조수인 무스크통에게 입히기까지 했어요.

아라미스로 말할 것 같으면, 총사가 되기 전 성직자가 되려 했었어요. 조수인 바쟁은 아라미스가 예전 삶으로 돌아가길 바랐어요. 총사보다는 성직자의 조수가 되고 싶었거든요.

다르타냥과 삼총사는 어느덧 절친한 친구 사이가 되었어요. 그러다 보니 금화를 금세 다 써 버렸지요. 그 바람에 넷은 서로 번갈아 가면서 밥값을 내고 서로를 돌봐 주기에 이르렀어요.

어느 날, 다르타냥은 친구들한테 무언가를 더 해 주고 싶어 궁리하고 있었어요. 그때 가볍게 똑똑 문 두드리는 소리가 들렸지요. 플랑셰가 다르타냥의 집주인을 안으로 들여보냈어요. 집주인의 이름은 보나슈였어요.

"당신이 용감한 젊은이라는 얘길 들었소. 그 말이 사실이라면 털어놓고 싶은 비밀이 하나 있소. 날 도와주시오."

보나슈가 말했어요.

"말씀하세요."

다르타냥은 어쩌면 자신이 바라던 모험이 시작될지도 모른다고 생각했어요.

보나슈가 안절부절못하며 입을 뗐어요.

"내 아내는 왕비님의 시녀라오. 참으로 아름답다오."

"그래서요?"

"그런데 아내가 어제 납치를 당했소! 궁에서 나오다가 일어난 일이오. 누가 데려갔는지는 모르지만 얼마 전부터 낯선 자가 아내의 뒤를 밟는 걸 종종 봤소. 아아, 정말로 왕비님은 내 아내를 굳게 믿고 의지하오. 아무한테도 말하지 못할 비밀을 아내에게 털어놓지. 그래서 아내는 왕비님과 퍽 가까운 사이가 되었소. 아무래도 아내가 왕비님을 돕다가 납치된 것 같소."

보나슈가 말하기를 왕비가 영국의 공작 버킹엄과 몰래 사랑에 빠졌다고 했어요. 그러자 추기경은 왕비의 비밀을 온 세상에 드러내기 위해 증거를 찾고 있다고 했어요. 그래서 인지 왕비는 최근에 누군가 왕비인 척 편지를 써서 버킹엄 공작에게 보냈다는 소식을 들었어요. 프랑스로 와서 자신을 만나 달라는 편지를요. 하지만 왕비는 그런 편지를 쓴 적이 없었어요. 알고 보니 그것은 추기경이 꾸민 일이었어요. 보나슈는 그런 와중에 아내가 납치됐으니 그건 추기경이 한 짓이 틀림없다고 말했어요.

"아내의 뒤를 쫓던 낯선 자에 대해 말해 주세요."

다르타냥이 말했어요.

"위풍당당한 상류층 사람이오. 검은 머리칼에 눈매가 날카롭고 뺨에는 흉터가 나 있소."

"정말입니까? 아니, 묑에서 봤던 그자 같군요!"

보나슈가 쪽지를 건네며 물었어요.

"그 사람을 아시오? 아내가 사라진 장소에 이것이 떨어져 있었다고 하오. 아마도 그자가 이걸 보낸 듯싶소."

다르타냥이 쪽지의 글을 소리 내어 읽었어요.

"아내를 찾지 마라. 필요 없어졌을 때 돌려보낼 것이다. 하지만 지금 당장 찾으려 했다가는 영영 못 보게 될 줄 알아라."

그러자 보나슈가 말했어요.

"당신이 총사대와 함께 있는 걸 봤소. 그래서 당신과 총사대가 함께 추기경을 막을 수 있을 거라 생각했소. 날 도와준

다면 그동안 못 낸 석 달 치 방세를 안 받겠소. 필요하면 돈을 더 얹어 줄 수도 있소."

"그거 정말이지 큰 도움이 되겠네요."

다르타냥이 말했어요.

그때 보나슈가 벌떡 일어나더니 창밖을 가리키며 외쳤어요.

"저기! 아내를 납치한 바로 그자요!"

창문 너머로 뫵에서 봤던 그 남자가 보였어요.

"이번에는 꼭 잡고 말겠어!"

다르타냥은 보나슈와 함께 계단 아래로 후다닥 내려가다 아토스와 포르토스, 아라미스와 마주쳤어요.

"뫵에서 본 그자예요!"

다르타냥이 외치며 잽싸게 달려 나갔어요.

4장
보나슈 부인과 마주한 다르타냥

삼총사는 다르타냥의 방으로 올라갔어요. 이전에도 다르타냥이 어떤 남자를 쫓는 걸 봤던 터라 금방 돌아올 줄 알고 있었지요.

아니나 다를까 다르타냥이 금세 돌아와 말했어요.

"유령처럼 사라졌어요. 잡았더라면 돈을 두둑이 받을 수 있었을 거예요."

다르타냥은 삼총사에게 보나슈의 사정을 들려줬어요. 보나슈 부인을 납치한 자와 묑에서 본 자가 같은 사람이라는 것도요.

"운이 참 좋네그려. 자네 집주인 양반이 부유해서 우리한테 돈까지 줘 가며 모험을 시켜 주니 말일세. 다만 문제는 우리 목숨을 걸 만큼의 값어치가 있느냐는 것이지."

아토스가 말했어요.

"목숨을 걸 가치가 있고말고요. 불쌍한 여인이 납치당했잖아요. 왕비님을 도우려다 말이에요. 아마도 왕비님의 비밀을 알고 있는 추기경이 꾸민 일일 거예요. 왕비님의 적이라면 우리의 적이기도 하잖아요. 추기경의 나쁜 계획을 막을 수만 있다면 전 기꺼이 제 목숨을 걸겠어요."

다르타냥이 말했어요.

"그런가? 그럼 정리해 보세. 버킹엄 공작이 왕비님을 만나러 파리에 오는 길인데, 실은 공작이 받았다는 초대 편지가 가짜란 말인가?"

아토스가 물었어요.

"맞습니다. 공작에게 함정에 빠진 걸 알리고, 납치당한 보나슈 부인을 구할 방법을 찾아야만 해요."

다르타냥이 말했어요.

불현듯 쿵쿵쿵 계단을 달려 올라오는 발소리가 들렸어요. 이윽고 문이 홱 열리더니 보나슈가 울부짖으며 들어왔어요.

"나 좀 살려 주시오."

그 순간, 추기경의 호위대 병사 넷이 보나슈의 뒤를 따라 들어왔어요. 보나슈 말고도 다른 사람들이 있는 걸 보고 꽤나 놀랐는지 병사들이 멈칫했어요. 다르타냥이 병사들에게 안으로 들어오라고 했어요. 보나슈를 체포하러 왔다는 호위대의 말에 다르타냥은 알았다고 말했어요. 그러고는 보나슈에게 작은 목소리로 속삭였지요.

"저희까지 다 잡히면 못 도와드리잖습니까. 순순히 따라가세요. 그동안 저희가 방법을 생각해 보겠습니다."

호위대가 보나슈를 데리고 갔어요. 보나슈는 얼떨떨하고 겁이 났지만 다르타냥을 믿어 보기로 했어요.

밖으로 나온 다르타냥은 삼총사에게 말했어요.

"자 여러분, 하나를 위한 모두, 모두를 위한 하나. 그게 우리 구호 맞죠?"

"맞다네. 칼을 들게나, 친구들."

아토스의 말에 네 사람은 긴 칼을 한데 꺼내 들고는 입을 모아 구호를 외쳤어요.

"하나를 위한 모두, 모두를 위한 하나!"

"훌륭해요. 기억하세요, 지금부터 우리는 추기경과의 전쟁을 시작합니다."

삼총사는 사라진 보나슈 부인을 찾을 방법을 알아보러 각자 길을 나섰어요. 묑에서 봤던 그 남자도 찾고, 버킹엄 공작을 걸려들게 하려는 추기경의 자세한 계획도 알아보려고요. 다르타냥은 집에 남아 바닥에 난 구멍을 통해 바로 아래층인 보나슈의 집에 누가 찾아오는지 지켜보기로 했어요.

　이윽고 시커먼 옷을 입은 사람들이 아랫집에 들이닥쳤어요. 얼마 뒤 날이 어두워지자 또 다른 누군가가 보나슈의 집에 들어갔어요. 잠시 뒤 서로 싸우는 소리가 들리더니 얼마 안 있어 흐느껴 우는 소리가 났어요. 여자 목소리였어요.

　"여긴 내 집이에요. 난 보나슈 부인이에요! 왕비님을 모시는 사람이라고요."

　여자가 말했어요.

　"오, 그렇다면 마침 우리가 기다렸던 사람이로군."

　한 남자가 말했어요.

　다르타냥은 플랑셰더러 총사대를 불러오라 했어요. 그러고는 아래층으로 내려가 문을 두드렸어요. 문이 열리자마자 안으로 홱 들어갔지요.

　시끄러운 울음소리와 쿵쿵 발 구르는 소리, 챙챙 칼 부딪치는 소리와 와자작 가구 박살 나는 소리가 이웃 전체에 울려 퍼졌어요. 이내 집 안에 있던 남자들은 옷이 찢긴 채 활짝 열린 문 밖으로 도망쳐 버렸어요.

다르타냥은 보나슈 부인과 단둘이 남게 되었어요. 부인은 스물다섯 살 정도 돼 보였어요. 검은 머리칼에 눈은 푸른빛을 띠고 있었지요. 부인은 다르타냥에게 감사하다고 말했어요. 그리고는 왜 그 남자들이 자기 집에 숨어 있었는지 모르겠다고 말했어요.

"부인, 저들은 아주 위험한 자들입니다. 추기경의 부하들이지요. 게다가 추기경의 호위대가 낮에 보나슈 씨를 붙잡아 갔습니다. 보나슈 씨는 저와 제 친구들에게 당신을 찾아 달라 부탁했고요. 그나저나 납치되셨다고 들었는데 어떻게 탈출하신 겁니까?"

"갇혀 있던 방 창문을 넘어 나왔어요. 그럼 전 이제 어쩌죠?"

부인이 물었어요.

"여기 있으면 안 됩니다. 제 친구들을 부르긴 했지만, 언제 올지는 모르겠군요. 호위대가 언제 또 들이닥칠지 모릅니다. 절 따라오세요."

다르타냥은 부인을 아토스의 집으로 데리고 갔어요. 아토스는 집에 없었지만 다르타냥에게는 열쇠가 있었어요. 안으로 들어서자 보나슈 부인이 다르타냥에게 궁전으로 가라고 했어요. 궁에 있는 친구를 찾아서 자기가 어디에 있는지 전해 달라 했지요.

다르타냥은 보나슈 부인의 말대로 했어요. 홀로 길을 걷던 다르타냥은 문득 보나슈 부인을 좋아하게 됐다는 걸 깨달았어요. 부인은 아름답고 신비로웠지요. 게다가 궁정의 비밀도 많이 알고 있었고요. 하지만 그보다 더한 무언가가 있었어요. 다르타냥은 부인의 영웅이 되고 싶었어요. 어리석다는 생각이 들긴 했어요. 그래서 궁에 가기 전에 먼저 아라미스한테 가서 보나슈 부인에 대해 이야기하기로 마음먹었지요.

'아라미스는 아마도 플랑셰의 말을 듣고 우리 집으로 달려갔겠지. 하지만 내가 집에 없었으니 지금쯤이면 자기 집에 돌아가 있을 거야.'

아라미스의 집에 다다르자 누군가가 문 앞의 어둠 속에 웅크리고 있었어요. 추기경의 첩자일 수도 있었어요. 이윽고 그 사람이 현관으로 걸어갔어요. 가로등 불빛 아래에 비친 그 사람은 바로 보나슈 부인이었어요!

5장
비밀스러운 밤

문이 열리자 보나슈 부인이 안에서 나온 젊은 여인에게 말을 건넸어요. 다르타냥은 두 여인이 손수건을 주고받는 모습을 지켜봤어요.

'왜 손수건을? 무슨 뜻이지?'

보나슈 부인이 잰걸음으로 자리를 뜨자, 다르타냥이 뒤쫓아 갔어요. 그리고는 부인의 어깨를 툭 쳤지요. 깜짝 놀란 부인이 소리를 질렀어요.

"당신이군요! 오, 다행이에요. 근데 절 왜 따라오신 거죠?"

"친구를 만나러 왔습니다. 저 집은 친구네 집이거든요. 아라미스를 아십니까?"

"몰라요. 전 어떤 여인과 이야기를 나눴을 뿐인걸요."

"그 여인은 누구죠?"

"말할 수 없어요. 그래도 여전히 절 돕고 싶으시다면, 다음 만남의 장소까지 같이 가 주세요. 그리고 그곳에 도착하면 바로 집으로 돌아가서야 해요."

다르타냥은 보나슈 부인을 길에 혼자 두고 싶지 않았어요. 추기경의 부하들이 부인을 잡아가려고 한 데다 비밀스러운 일까지 여기저기에 퍼져 있으니 말이에요. 하지만 목적지에 다다른 뒤에는 약속대로 집으로 향했어요. 집으로 돌아오니 조수인 플랑셰가 말하길, 아토스만 간신히 데려올 수 있었다고 말했어요. 그런데 그마저도 호위대에게 붙잡혀 갔다고요.

"아토스 님을 다르타냥 님이라고 착각하지 뭡니까. 그러자 아토스 님이 이리 말씀하셨습니다. '차라리 잘됐어. 저들이 내가 다르타냥이라고 생각하는 한 다르타냥은 자유롭게 다닐 수 있겠지. 그동안 보나슈 부인을 찾으면 좋으련만.'이라고 말입니다."

"고마운 아토스! 하지만 나는 트레빌 대장한테 가서 아토스를 풀어 달라고 부탁하고, 무슨 일이 있었는지 말해야겠네. 자네는 여기 남아 있겠는가? 괜찮겠는가?"

다르타냥이 물었어요.

"걱정 마십시오. 마음먹었다 하면 용기가 절로 생기는걸요."

플랑세가 말했어요.

트레빌 대장의 저택으로 가는 길이었어요. 어떤 남자와 여자가 함께 걷고 있는 모습이 다르타냥의 눈에 들어왔어요. 남자는 총사대 제복을 입고 있었어요. 다르타냥은 그 남자가 아라미스인 줄 알고 그쪽으로 냉큼 뛰어갔어요. 남자가 휙 돌아봤지만 아라미스가 아니었지요. 여자도 고개를 돌렸어요. 아니나 다를까, 또 보나슈 부인이었어요!

"절 뒤따라오지 않겠다고 약속하셨잖아요."

부인이 말했어요.

"미안합니다. 이분을 아는 사람으로 착각했어요."

다르타냥이 말했어요.

"제 팔을 잡으시죠, 부인. 그만 갑시다."

남자가 보나슈 부인을 향해 말했어요.

다르타냥은 어리둥절한 나머지 길을 비키지 못했어요. 그런데 남자가 그 옆을 급히 지나려다 그만 다르타냥을 옆으로 밀치고 말았어요. 그 순간, 둘이 동시에 칼을 빼내어 들었지요.

보나슈 부인이 외쳤어요.

"공작님, 안 됩니다!"

"공작님? 혹시 당신이……."

다르타냥이 말끝을 흐렸어요.

"버킹엄 공작님이십니다. 이제 당신 때문에 다 망치게 생겼네요!"

보나슈 부인이 말했어요.

"부디 용서하십시오. 전 그저 부인을 보호하려던 것뿐입니다."

다르타냥이 용서를 빌자 공작이 말했어요.

"참으로 훌륭한 젊은이일세. 돕고 싶다면 멀찍이서 따라오게. 누가 우릴 쫓아오거든 처리해 주게나."

다르타냥은 보나슈 부인과 공작이 궁 안으로 들어설 때까지 뒤따랐어요. 보나슈 부인은 어두컴컴하고 으슥한 통로로 공작을 이끌었어요. 마침내 둘은 왕비의 방에 다다랐어요.

방에 들어선 공작은 왕비의 아름다움에 넋을 잃었어요. 나이 스물여섯의 왕비는 에메랄드처럼 반짝이는 눈빛을 지니고 있었어요. 공작은 왕비의 발 앞에 무릎을 꿇었어요.

"공작님, 제가 이곳에 오시라 초대하지 않았다는 걸 이미 알고 계시겠죠."

왕비가 말했어요.

"압니다. 하지만 당신과 사랑에 빠진걸요. 다시 만나 뵙고 싶었답니다."

공작이 말했어요.

"제 말 잘 들으세요. 우리 사이에는 두 나라가 있습니다. 우린 두 번 다시 만나서는 안 됩니다. 명심하세요, 전 당신을 사랑한다 말한 적이 없습니다."

"절 사랑하지 않는다고 하지도 않으셨지요."

사실 왕비도 공작을 사랑했지만 그건 너무나도 위험한 일이었어요. 왕이 알기라도 하는 날에는 공작의 목숨이 위험할 뿐만 아니라 영국과 전쟁을 하게 될지도 모르는 일이었어요. 바로 그때 공작이 이렇게 말했어요. 차라리 프랑스와 영국이 전쟁을 시작하면 좋겠다고요.

"전쟁을 평화로이 끝내려면 특사(나라를 대표하여 외국에 가서 일을 해결하는 사람)가 필요하지요. 그때 제가 특사로 이곳에 와서 전쟁을 끝내자는 서류에 서명하는 겁니다. 그러면 왕비님을 다시 볼 수 있게 되죠. 아무도 절 막을 수 없을 겁니다."

공작이 설명했어요.

"말도 안 돼요. 당장 가세요. 당신이 다치는 모습은 보고 싶지 않아요."

"왕비님이 아끼는 물건 하나만 주십시오. 제가 꿈을 꾸고 있지 않다는 걸 증명해 줄 물건 말입니다."

"그리하면 프랑스를 떠나 영국으로 돌아가실 건가요?"

왕비가 물었어요.

"맹세합니다."

왕비는 방에서 나무로 된 작은 보석 상자를 가지고 나왔어요.

"공작님, 절 기억하시라고 드리는 선물입니다."

왕비의 말에 공작이 한쪽 무릎을 꿇었어요. 그러자 왕비가 다시 한 번 말했어요.

"떠나겠다고 약속하신 겁니다."

"반드시 약속을 지키겠습니다, 왕비님. 손을 내밀어 주시면 바로 가겠습니다."

왕비는 두 눈을 감은 채 공작에게 한 손을 내밀었어요. 왕

비는 살짝 비틀거렸어요. 당장이라도 쓰러질 것만 같았지요. 공작은 사랑을 담아 왕비의 손끝에 입을 맞추고는 일어나 방에서 나갔어요.

→€

이 모든 일이 일어나는 사이, 보나슈는 좁은 감옥 방에 앉아 있었어요. 잔뜩 겁에 질려 있었지요. 겁이 어찌나 많은지 아내를 향한 사랑을 넘어설 정도였어요. 풀어 주기만 한다면야 아내의 비밀을 전부 떠들어 댈 수도 있었어요. 그러나 정작 아내가 어디에 있는지 그 역시 몰랐기 때문에 할 말이 없었어요.

"부인은 어제 낮에 탈출했소. 다 당신과 다르타냥이 한 짓이잖소! 다르타냥, 그자를 잡을 수 있었으니 다행이지만."

호위대의 병사가 말했어요.

이내 문이 열리더니 병사들이 아토스를 데리고 들어왔어요.

"다르타냥 씨, 보나슈와 무슨 일을 꾸몄는지 설명해 보겠소?"

병사가 아토스에게 묻자 보나슈가 얼른 말했어요.

"저자는 다르타냥이 아닙니다요."

호위대의 병사는 깜짝 놀라 소리쳤어요.

"다르타냥이 아니라니! 그럼 이자는 누구요?"

"모릅니다. 모르는 사람입니다요."

보나슈의 말이 진짜라는 걸 알아챈 병사가 아토스를 향해 물었어요.

"이름을 말하시오."

"내 이름은 아토스요."

"아까는 이름이 다르타냥이라고 했잖소."

"아뇨. 호위대 병사들이 와서는 내게 다르타냥이냐고 물었소. 그래서 나는 '정녕 그리 생각하시오?'라고 물었고. 그러더니 그렇다고 답하지 뭐요. 틀렸다고 내가 말할 수나 있었겠소?"

"내 아내는 어디 있소?"

보나슈가 끼어들었어요.

병사는 한숨을 쉬며 두 사람을 다시 감옥 방으로 들여보냈어요. 아토스는 어깨를 으쓱이는 반면에 보나슈는 두려움에 벌벌 떨기 시작했어요.

다음 날, 호위병들은 보나슈를 추기경에게 데리고 갔어
요. 그리도 힘 있는 사람이 따져 물으니 불쌍한 보나슈는 어
찌할 바를 몰랐어요.

"자네, 아내와 함께 왕비를 도왔지? 버킹엄 공작과 만나도
록 말이야."

추기경의 물음에 보나슈가 대답했어요.

"저, 제 아내 말로는 추기경님이 공작을 속여 이곳에 오게
했다던데요."

"뭐라고? 그 입 다물지 못하겠는가! 한심한 자 같으니."

바로 그때 문이 열리고 다르타냥이 묑에서 본 남자가 들
어왔어요. 그러자 보나슈가 외쳤어요.

"저 사람입니다. 저 사람이 아내를 납치했습니다요!"

추기경이 병사들을 부르고는 보나슈를 가리키며 말했어요.

"이자를 데려가게."

묑에서 본 그 남자는 사실 로슈포르 백작이었어요. 백작
이 추기경에게 말을 건넸어요.

"공작이 왕비를 벌써 만나고 떠났다고 합니다. 지난밤에

궁을 떠나는 것을 제 첩자가 봤습니다."

"벌써 떠났다고? 흠, 우리가 놀아나고 말았군. 기필코 복수하고 말겠어."

추기경이 말했어요.

"그런데 왕비가 공작에게 선물을 하나 줬다고 합니다. 보석이 든 상자인데 다이아몬드 목걸이가 들어 있답니다."

백작의 말에 추기경이 미소 지으며 말했어요.

"그건 왕이 선물한 다이아몬드일세. 어쩌면 이걸로 걸려들게 할 수 있겠구먼. 왕비가 다이아몬드 목걸이를 차야 하는 상황을 만들어야겠어. 다이아몬드가 손에 없다는 게 밝혀지는 순간 전부 탄로 날 걸세. 그사이 별일 없다고 왕비가 믿도록 해야 하네. 우리가 다이아몬드에 대해 알고 있다는 걸 모르게 해야 해."

추기경이 짧은 편지를 하나 썼어요. 그러고는 반드시 런던에 있는 첩자 밀라디에게 전달하라고 했지요. 편지에는 공작을 찾은 다음 다이아몬드를 목에 두를 때까지 기다리라는 지시가 쓰여 있었어요. 공작이 목걸이를 차는 즉시 밀라디가 몰래 다가가 다이아몬드 두 개를 떼어 내어 추기경에게 가져다줘야 했어요.

로슈포르 백작이 떠나자 추기경은 병사들에게 보나슈를 다시 데려오게 했어요.

"내 사과하겠네. 오해를 했구려. 자넨 훌륭한 양반이네. 언짢게 생각 안 했으면 좋겠군."

추기경이 말했어요.

영영 감옥에 갇힐 줄 알았던 보나슈는 깜짝 놀란 나머지 말을 더듬거렸어요.

"언짢……게요?"

"가도 좋네. 조만간 또 만나길 바라겠네. 자네가 함께 있으니 좋군. 가만 보자, 내 사과하는 의미로 돈을 좀 주겠네."

보나슈는 굽신거리며 몇 번이고 감사의 말을 전했어요. 보나슈가 떠나자 추기경은 생각에 잠겼어요.

'말만 하면 뭐든지 할 사람이 생겼군. 제 아내를 지켜보고선 내게 정보를 갖다 바치겠지.'

다음 날, 추기경은 왕을 만났어요.

"폐하, 공작이 이곳에 왔다가 오늘 아침에 떠났다고 합니다."

"나 모르게 말이오? 그가 이곳에 와서 뭘 했소?"

화들짝 놀란 왕이 물었어요.

"왕비님을 만났다고 합니다."

추기경이 답했어요.

왕은 왕비가 다른 사람과 사랑에 빠진 게 아닌가 하고 의심했어요. 하지만 정작 왕은 추기경이 수년 전에 왕비를 좋아했다는 걸 전혀 몰랐어요. 당시 왕비에게 거절당한 추기경은 그 뒤로 왕비에게 상처를 되갚아 주려고 안간힘을 써 왔지요.

"어찌하면 좋겠소? 왕비가 무슨 생각을 하는지 알아내야겠소."

왕이 말했어요.

"두 분 사이가 좋지 않으신 게 영 보기가 안 좋습니다. 제게 해결 방법이 있긴 합니다만."

추기경은 왕비가 화려한 잔치를 얼마나 좋아하는지를 왕에게 다시금 일깨워 줬어요.

"폐하께서 왕비님을 위해 잔치를 여시면 좋지 않을까 싶습니다. 얼마 전에 폐하께서 선물하신 다이아몬드 목걸이를 찰 기회도 드리고 말입니다. 한동안 그 목걸이를 안 하셨잖습니까."

"어디 보자. 음, 좋은 생각이구려."

왕이 말했어요.

바로 그때, 추기경에게 편지 한 통이 전달됐어요. 추기경은 편지를 열어 흘끗 봤어요. 밀라디로부터 온 편지였어요. '다이아몬드를 손에 넣었어요. 하지만 아직 런던을 떠날 수가 없네요. 2주 안에 파리로 돌아갈게요.'라고 쓰여 있었어요.

추기경이 속으로 씩 웃었어요. 왕과 왕비의 얼굴에 먹칠할 수 있는 멋진 기회가 될 터였지요.

"폐하, 이건 어떠신지요? 잔치를 2주 뒤에 여는 겁니다. 그리하면 왕비님께 준비도 하고 사람들을 초대할 시간도 충분히 드릴 수 있을 듯합니다. 그리고 왕비님께 다이아몬드 목걸이 이야기하는 것 잊지 마시고요."

추기경이 말했어요.

6장

런던으로 보내는 편지

왕은 의심이 들었어요. 이전에도 추기경한테 된통 속은 적이 있었거든요. 또다시 그런 수치를 당하고 싶진 않았어요.

"내가 선물했던 다이아몬드 목걸이 기억하오? 잔치에서 당신이 그 목걸이를 찬 모습을 꼭 보고 싶구려."

왕이 잔치 소식을 전하며 왕비에게 말했어요.

왕비는 불안이 커졌어요. 왕은 왕비를 유심히 지켜봤어요. 다이아몬드 이야기에 왕비가 언짢아하는 것 같았어요.

"잔치가 정확히 언제죠?"

왕비가 물었어요.

"날짜를 깜빡했구려. 추기경에게 물어보겠소."

왕의 대답에 왕비가 물었어요.

"이게 다 추기경의 생각인가요?"

"그렇고말고. 왜 물으시오?"

"다이아몬드 목걸이를 차라는 것도 추기경의 생각이었고
요?"

"무슨 문제라도 있소?"

왕이 대꾸했어요.

"아닙니다."

"좋소."

왕비가 보인 반응에 왕은 잠시 생각에 잠겼어요. 왕비가
무슨 생각을 하고 있는지 헤아려 보려 했지요.

"그럼 아름다운 모습을 보길 고대하고 있겠소."

왕이 자리를 뜨자 왕비는 울음을 터뜨리고 말았어요.

'이제 어쩌지? 추기경이 전부 알고 있는 게 분명해. 머지
않아 폐하도 알게 되실 거야.'

갑자기 뒤에서 한 목소리가 들려왔어요.

"왕비님, 제가 도와드릴까요?"

바로 보나슈 부인이었어요.

"겁낼 거 없으세요. 절 믿으세요. 공작님께 드린 작은 보석

상자 안에 다이아몬드 목걸이가 있었지요? 그것만 돌려받으면 되잖아요."

"하지만 어떻게? 상자는 런던에 있잖은가. 추기경은 상자의 움직임을 계속 감시할 텐데."

왕비가 말했어요.

"공작님께 편지를 쓰세요. 그러면 반드시 받아 보실 수 있게 할게요. 제 남편은 착하고 정직한 사람이에요. 제가 하는 부탁이라면 다 들어줄 거예요."

보나슈 부인이 말했어요.

왕비는 부인에게 감사를 전했어요. 그러고는 있었던 일을 모두 편지에 썼어요. 보나슈 부인은 편지를 쥐고 집으로 달려갔어요. 그런데 이상하게도 달려가는 동안 부인의 머릿속에 계속 다르타냥이 떠올랐어요. 어찌나 용감하고 잘생겼던지. 더군다나 부인에게 홀딱 반한 듯 보였지요.

그사이, 보나슈는 친절했던 추기경의 모습을 떠올리고 있었어요. 추기경이 자기를 부자로 만들어 줄 거란 단꿈에 빠져 있었지요.

"긴히 할 말이 있어요."

보나슈 부인이 집으로 들어서면서 남편에게 말했어요.

"이 편지를 런던에 계시는 분에게 전달해 주세요. 더는 말해 줄 수 없어요, 절 믿어요. 아주 중요한 일이에요."

보나슈는 일주일 만에 아내를 보는 것이었어요. 그런데도 아내가 남편이 감옥에 갇혔던 일에 대해선 묻지도 않고, 납치당했다가 어찌 탈출했는지 설명해 주지도 않으니 발끈 화가 치솟았지요.

"나한테 무슨 일이 있었는지는 알고 싶지도 않은 거요?"

보나슈가 물었어요.

"물론 알고 싶지요. 하지만 이 일이 훨씬 중요해요. 우리 미래가 달려 있다고요."

부인이 말했어요.

"당신을 마지막으로 본 뒤로 우리 운명이 바뀌었소. 지난 일주일 동안 추기경과 꽤 가까운 사이가 되었단 말이오."

보나슈가 작은 돈 가방을 들어 올렸어요.

"이렇게 우리에게 베푸셨다고. 이 돈 좀 보란 말이오."

"당신 아내를 함부로 대하고 왕비님을 깔보는 그런 사람을 따르겠다는 거예요?"

부인이 충격을 받은 얼굴로 물었어요.

"조심해야 해요. 눈 녹듯이 사라져 버릴 관계라고요. 추기경보다 훨씬 훌륭한 사람들을 모셔야 해요."

"난 이제 추기경만을 모시겠소. 더 훌륭한 이는 없소. 도 대체 나더러 어쩌란 말이오? 이 편지는 뭐고, 런던에는 누가 있소?"

보나슈 부인은 남편이 계획을 망칠까 봐 걱정이 되었어 요. 그래서 이렇게 둘러댔어요.

"아, 아무것도 아니에요. 그냥 옷을 몇 벌 좀 주문하고 싶 었어요. 여기에 갖다 팔면 어떨까 해서요."

보나슈는 아내가 하는 말을 믿지 않았어요. 추기경에게 일러바치기로 마음먹었지요. 이내 볼일 좀 보고 오겠다며 황급히 떠났어요.

홀로 남겨진 보나슈 부인은 눈앞이 캄캄했어요.

'내가 뭘 할 뻔한 거지? 왕비님을 돕기로 약속했는데, 정 작 내 남편은 추기경을 위해 일하고 있었네.'

그때 천장에서 똑똑 소리가 났어요. 부인이 위를 올려다 보자 다르타냥의 목소리가 들렸어요.

"부인, 옆문을 열어 주세요. 할 이야기가 있어요. 바로 아 래층으로 내려가겠습니다."

안으로 들어온 다르타냥은 아래층에서 들려오는 대화를

들었다고 했어요.

"당신 남편은 정말이지 딱하신 양반입니다. 그건 그렇고 남편과 나누신 대화에서 네 가지 점을 알 수 있었어요. 첫째, 남편분은 어리석으십니다. 둘째, 당신은 곤경에 처해 있습니다. 그래서 기쁩니다. 왜냐하면 당신을 도울 수 있는 기회가 생겼으니까요. 셋째, 당신을 돕기 위해서라면 어떤 위험도 무릅쓸 수 있다는 걸 깨달았습니다. 그리고 넷째, 왕비님은 런던으로 갈 사람을 찾고 계십니다. 그리하여 제가 이렇게 오게 됐습니다."

보나슈 부인은 다르타냥을 물끄러미 바라보았어요. 그러자 미심쩍었던 마음이 사르르 사라졌어요. 다르타냥의 눈동자에는 사랑이 넘쳐흘렀고 목소리에는 힘이 담겨 있었어요. 부인은 다르타냥에게 믿음이 갔어요.

"남편한테 말한 것 말고는 더 해 줄 말이 없어요. 봉투에 적힌 주소로 이 편지를 전달해야 한다는 말밖에는요. 절 믿어도 좋아요. 왕비님께서 은혜를 톡톡히 갚으실 거예요."

"보답은 필요치 않습니다. 전 당신을 사랑합니다. 사랑하는 당신을 위해 일할 수 있다는 것만으로 충분합니다."

다르타냥이 말했어요.

"쉿! 거리에서 무슨 소리가 나요. 들려요? 남편이에요."

부인이 속삭였어요.

다르타냥은 보나슈 부인을 자기 방으로 데리고 올라갔어요. 둘은 바닥의 마루 사이로 몰래 들여다봤어요. 보나슈가 어떤 남자와 이야기를 주고받고 있었어요. 뫼에서 본 그 남자였지요!

7장
런던으로 떠나는 위험한 여행

"저자는 부인을 납치한 사람이잖아요! 제가 맹세코 잡아서 혼내 줄 겁니다!"

"안 돼요. 당신은 이제 그보다 훨씬 중요한 일을 해야 해요. 왕비님을 위한 임무 말고는 어떠한 위험에도 맞서면 안 됩니다. 같이 들어 봐요. 저들이 무슨 이야기를 하는지 들어야 해요."

보나슈 부인이 다르타냥에게 속삭였어요. 둘은 아래층에서 들려오는 대화에 귀를 기울였어요.

"편지 하나를 런던으로 가지고 가 달라고 했습니다요."

보나슈가 말했어요.

"런던의 누구한테 주라고 했나?"

뫙에서 본 그 남자, 로슈포르 백작이 물었어요.

"안타깝게도 거기까지만 들었습니다. 이런 소식에 추기경님이 관심을 보이실까요?"

"편지를 보신다면 더 좋을 텐데."

"가능할지도 모르겠습니다. 아내에게 돕고 싶다고 말하면 편지를 제게 줄 겁니다. 그러면 제가 얼른 갖다 드리겠습니다요."

보나슈가 말했어요.

다르타냥은 바닥에 난 구멍에서 물러났어요. 자신을 명예로운 부자가 되게 해 줄 멋진 임무가 생겨 잔뜩 신이 났지요. 무엇보다 중요한 것은, 이번 임무로 보나슈 부인을 사랑하는 자신의 마음을 증명할 수 있다는 것이었지요. 우선은 지금껏 알게 된 사실을 트레빌 대장에게 가서 전하고 도움을 받아야 했어요.

다르타냥이 트레빌 대장의 집무실에 가서 말했어요.

"대장님, 왕비님의 명예, 어쩌면 목숨이 위태로울지도 모르는 일입니다. 제가 엄청난 비밀 하나를 들었습니다. 대장님께서 도와주시겠습니까?"

"자네 비밀인가?"

트레빌이 물었어요.

"왕비님의 비밀입니다."

다르타냥이 답했어요.

"그렇다면 혼자만 알고 있게나. 내가 어찌하면 좋겠는지 말해 보게. 단 왕비님의 비밀은 드러내지 말게. 나뿐만 아니라 누구에게도."

"2주 동안 런던에 갔다 와야겠습니다."

"자넬 막으려 들 사람은?"

"추기경이 어떻게 해서든 절 막으려 할 겁니다."

"그렇다면 혼자선 그 여행길에서 절대 살아남지 못할 걸세. 삼총사와 함께 가게. 2주간의 임무 수행을 위해 할 수 있는 모든 준비를 해 놓겠네."

트레빌 대장이 말했어요.

이윽고 다르타냥은 삼총사에게 당장 런던으로 떠나자고 했어요. 네 사람은 말을 준비시키고 자신의 조수와 함께 밤새도록 이동했어요. 다음 날 아침이 될 때까지 멈추지 않았지요. 그러다 어느 여관에 다다라 배를 채우기 위해 안으로 들어갔어요. 식당 안에는 사람이 여럿 있었어요.

일행이 조용히 식사를 마쳤을 때, 갑자기 한 남자가 포르토스를 붙잡고는 추기경을 위해 건배를 하자고 했어요. 그 말에 포르토스는 먼저 왕에게 건배를 올리자고 했지요. 남자가 싫다고 하자 포르토스는 남자를 멍청이라 불렀어요. 그러자 남자는 재빨리 칼을 빼내어 포르토스에게 결투를 신청했어요.

　"어리석군. 뭐, 어쩔 수 없지. 이제 와서 그만둘 순 없잖은가. 하지만 우린 갈 길이 급하니, 먼저 길을 나서겠네. 자네는 이자를 얼른 처리한 다음 바로 따라오게."

　아토스가 포르토스에게 말했어요.

　"그자는 왜 포르토스를 골랐을까?"

　길을 떠나면서 아라미스가 물었어요.

　"우렁찬 목소리로 떠드니까 대장인 줄 알았나 봐요. 저자를 후딱 무찌른 다음, 얼른 쫓아오면 좋겠네요."

　다르타냥이 말했어요.

　그날 늦은 시각, 어느 좁다란 길목에 다다라 보니 일꾼들이 길을 막으며 땅을 파고 있었어요. 총사대가 지나가려 하자 일꾼들이 느닷없이 돌을 던지기 시작했어요.

　"기습 공격이에요! 추기경의 부하들이군요. 하지만 여기서 시간을 낭비해선 안 돼요. 싸우지 말고 그냥 갑시다!"

다르타냥이 외쳤어요.

총사대원들은 말을 몰아 쏜살같이 내달렸어요. 그런데 그때, 아라미스가 커다란 돌에 맞아 어깨를 다치고 말았어요. 아라미스는 어깨가 아파도 참고 몇 시간을 계속 달렸지만 결국 멈춰야 할 지경에 이르렀지요.

"걱정하지 말게. 금방 괜찮아질 테니까. 근처에 신학교가 있으니 가서 치료를 좀 받겠네. 회복하는 동안 밀린 공부를 하면서 포르토스를 기다리겠네."

아라미스가 말했어요.

아라미스와 그의 조수, 바쟁을 남겨 둔 채, 아토스와 다르타냥은 조수들과 함께 계속 나아갔어요. 몇 시간 뒤, 어느 여관에 들러 하룻밤 쉬기로 했지요. 그런데 아토스가 여관비를 냈을 때 여관 주인이 다짜고짜 소리를 질러 댔어요. 아토스가 낸 돈이 가짜라면서요.

"무슨 소리요? 진짜 동전이란 말이오."

아토스가 말했어요.

그때, 몸집이 커다란 사내 몇몇이 옆문으로 불쑥 들어오더니 아토스를 공격했어요.

"덫에 걸렸군! 다르타냥! 나는 걱정 말고 어서 도망가게!"

아토스가 외쳤어요.

다르타냥과 조수, 플랑셰는 부리나케 달아났지만 뒤에 남
은 삼총사가 걱정되었어요. 둘만 가게 되자 마음이 좋지 않

앗지요. 하지만 임무를 위해 계속 나아가야 했어요.

　마침내 둘은 칼레 항구에 이르러 런던으로 가는 배표를
사러 갔지요. 가만 들으니 앞에 있던 남자도 표를 사려던 참
이었어요.

"저도 표를 팔고 싶지만 추기경의 허가 없이는 누구도 배에 태우지 말라는 명령을 받았습죠."

선장이 남자에게 말했어요.

"여기 허가 편지가 있소. 일 때문에 반드시 런던에 가야 하오. 며칠 전 추기경과 다 끝낸 얘기요."

남자가 말했어요.

"그러면 항구 사무소에 가서 항구 사령관에게 그 편지를 보여 주십시오. 사령관의 도장을 받아 오면 표를 팔겠습니다. 곧 출발할 예정이니 서두르십시오."

선장이 말했어요.

다르타냥이 배를 타기 위해서는 그 남자가 갖고 있는 추기경의 허가 편지를 손에 넣어야만 했어요. 그래서 남자의 뒤를 쫓았어요.

다르타냥은 항구 사무소에 채 이르기 전에 남자를 멈춰 세웠어요. 그러고는 중요한 임무 때문에 그 편지가 꼭 필요하다고 말했지요. 하지만 다르타냥을 도둑으로 착각한 남자는 쉬이 내주지 않았어요. 결국 두 사람은 맞서 싸웠고 다르타냥이 이겼어요. 다르타냥은 편지를 손에 넣고 사령관에게 도장을 받은 다음 런던으로 가는 배표를 샀어요.

8장

왕비의 다이아몬드

런던에 도착한 다르타냥과 플랑셰는 서둘러 버킹엄 공작
을 만나러 갔어요. 공작은 나이도 어린데 런던까지 험하고
머나먼 길을 헤쳐 온 다르타냥에게 감탄했어요. 추기경처럼
권력이 센 사람이 안간힘을 쏟아 다르타냥을 방해했는데도
말이에요.

공작은 다르타냥이 가져온 왕비의 편지를 읽고 나서 외쳤
어요.

"당장 날 따라오게!"

공작은 보석 상자에서 다이아몬드 목걸이를 꺼내며 말했
어요.

"왕비님께 받은 것이라네. 그래, 이제 돌려드려야겠군."

그런데 갑자기 공작이 목걸이를 자세히 들여다보며 말했어요.

"잠깐! 다이아몬드 두 알이 없잖아! 이런, 여길 보게, 잘린 흔적이 있네."

"누가 그랬을까요?"

다르타냥의 물음에 공작이 생각하며 천천히 말했어요.

"딱 한 번 이걸 찬 적 있는데. 어느 잔치에 갔을 때 클라릭 부인이라는 한 여인이 내 옆에 한참 서 있어서 이상하다고 생각했지…… 아, 그 여인이 추기경의 첩자였던 거야!"

공작은 보석 세공인을 불러 사라진 다이아몬드와 똑같은 것을 만들게 했어요. 그동안 다르타냥은 초조해하며 기다렸고 다이아몬드는 왕의 잔칫날 하루 전에야 겨우 완성되었어요.

"어떻게 제시간에 돌아가죠? 가는 곳마다 추기경의 부하들이 막아설 거예요."

다르타냥이 말했어요.

"파리로 가는 길목마다 말을 바꿔 탈 수 있도록 준비해 놓겠네. 내 부하들이 자네 뒤를 봐줄 걸세."

공작이 말했어요.

다르타냥은 공작에게 감사의 말을 전한 뒤 프랑스 파리로 떠났어요. 공작이 약속한 대로 멈추는 곳마다 새로운 말이 기다리고 있었어요. 다르타냥은 이런 식으로 쉬지 않고 달려 마침내 잔칫날, 파리에 도착했어요.

모두 잔치 이야기로 떠들썩했어요. 왕과 추기경은 왕비가 다이아몬드 목걸이를 차고 나올지 궁금해했지요. 왕은 왕비 때문에 무슨 창피를 당할까 봐 걱정했어요. 추기경은 왕비의 배신이 온 세상에 드러나 왕이 망신당하기를 바랐지요.

왕비가 오기 바로 직전, 추기경이 왕에게 다이아몬드 두 알을 보여 줬어요.

"폐하께서 선물하신 목걸이에서 나온 것입니다. 왕비님께서 목걸이를 차고 나오시면 어쩌다 이 두 알을 도둑맞게 됐는지 물어보십시오."

왕비가 안으로 들어섰어요. 왕과 추기경은 사람들을 헤치고 나아가 왕비의 차림새를 요모조모 뜯어봤어요. 다이아몬드 목걸이가 왕비의 목에 온전한 모습으로 둘러져 있었지요.

다이아몬드를 쳐다보며 왕이 말했어요.

"내가 준 선물을 차고 와 줘서 고맙구려. 그런데 두 알을 잃어버린 걸로 알고 있소만. 추기경이 당신에게 돌려주려고 기다리고 있소."

왕비는 깜짝 놀란 척을 했어요.

"어머나, 두 알을 더 주시는 건가요? 보시다시피 제 것은 여기 다 있는걸요."

왕이 가까이 들여다봤어요.

"그렇구먼."

왕은 추기경을 돌아보더니 추기경이 들고 있는 다이아몬드를 가리키며 물었어요.

"그럼 이건 뭔가?"

추기경은 당혹스러운 듯 어물쩍 대답했어요.

"사실 이건 제가 왕비님께 드리고 싶었던 겁니다. 너무나도 부끄러운 나머지 이야기를 꾸며 내게 됐습니다."

왕비는 씩 미소를 지으며 두 사람에게 감사를 표했어요. 왕은 꽤나 기뻐 보였어요. 반면 추기경은 얼굴이 붉으락푸르락해졌지요.

다르타냥은 한쪽에서 이 모습을 지켜봤어요. 그때 불현듯 보나슈 부인이 어깨를 툭 쳤어요. 부인은 다르타냥을 데리고 커튼이 달린 작은 방으로 갔어요. 그러고는 잠시 기다리

라고 했어요.

얼마 뒤, 커튼 반대편에서 누군가의 목소리가 들렸어요. 왕비였지요. 왕비가 커튼 가까이 다가오더니 손을 내밀었어요. 다르타냥은 스치듯 살포시 왕비의 손을 잡았어요. 그러자 왕비가 다르타냥의 손바닥에 커다랗고 값비싼 반지 하나를 툭 떨어뜨렸어요.

다르타냥은 손가락에 반지를 끼운 채 서둘러 집으로 돌아갔어요. 집 안으로 들어가자 플랑세가 보나슈 부인으로부터 온 편지를 다르타냥에게 건네 주었어요. 다르타냥은 재빨리 편지를 열어 읽어 보았어요. 다음 날 밤에 만나자는 내용의 짧은 편지였지요. 다르타냥은 너무 기뻐 편지를 읽고 또 읽었어요. 편지에는 '콘스탄스 보나슈로부터.'라고 쓰여 있었어요. 마침내 다르타냥은 부인의 이름을 알게 되어 기뻤어요.

다음 날 아침, 트레빌 대장은 왕의 기분이 좋더라고 다르타냥에게 말했어요. 반면 추기경은 그렇지 않았다고 했지요.

"자네 때문인 게 불 보듯 뻔하잖나. 지금부터 매우 조심해야 하네. 추기경이 복수를 하려 들 걸세. 당하고만 있진 않을 사람이니까."

트레빌 대장의 말에 다르타냥이 물었어요.

"런던에 다녀온 사람이 저라는 걸 추기경이 알까요?"

"자네가 끼고 있는 그 커다란 반지, 어디서 났나?"

"왕비님께서 주신 선물입니다. 지난밤 제게 몰래 주셨습니다."

트레빌 대장이 걱정스러운 얼굴을 내비쳤어요.

"오 이런. 당장 그 반지를 갖다 팔게나."

"두려울 게 뭐가 있습니까?"

"지금 자넨 심지가 지글지글 타들어 가는 폭탄에 앉아 있는 거나 마찬가지일세. 길 건너에서도 반지가 눈에 띌 정도라고. 그것만 봐도 자네가 왕비의 임무를 성공한 사람인 걸 알겠네. 내 말 듣게. 추기경은 기억력이 좋다네. 게다가 그 힘을 멀리까지 뻗치고 있지. 곧 자네와 자네 친구들한테 복수를 하려 들 걸세. 그나저나 삼총사는 어디 있나?"

트레빌 대장이 물었어요.

"다 함께 런던으로 가는 도중에 헤어져서 저도 모릅니다. 삼총사들에 대해 무슨 소식 못 들으셨는지 저도 여쭈려던 참이었습니다."

다르타냥은 런던으로 가는 길에 겪었던 모험을 들려줬어

요. 열심히 귀 기울여 듣던 트레빌 대장은 다르타냥에게 안전을 위해 며칠 동안 이곳을 떠나 있으라고 일렀어요.

"내일 떠나겠습니다. 오늘은 놓치면 안 되는 약속이 있어서요."

다르타냥이 말했어요.

9장
사랑은 잃고 포르토스는 찾고

다르타냥은 보나슈 부인, 그러니까 콘스탄스를 만나러 길을 떠났어요. 콘스탄스가 보낸 편지에 도시 변두리에 있는 어느 작은 집에서 보자고 쓰여 있었거든요.

제시간에 도착한 다르타냥은 집 바깥에서 기다렸어요. 그런데 아무리 기다려도 콘스탄스는 오지 않았어요. 그래서 다르타냥은 집 바로 옆 나무에 기어올랐어요. 나무 위에서 2층 창문 안을 들여다본 다르타냥은 깜짝 놀라고 말았어요. 방 안이 난장판이었거든요. 온갖 가구가 부서져 널브러져 있었어요. 몸싸움이 크게 벌어졌던 모양이었어요. 다르타냥은 겁에 질려 어쩔 줄 몰랐어요. 콘스탄스에게 무슨 일이 생겼을까 봐 속이 타들어 갔지요.

다르타냥은 길 건너편에 있는 집으로 달려가 문을 두드렸어요. 나이 든 남자가 문을 열고 나왔어요. 다르타냥은 다급한 목소리로 맞은편 집에 대체 무슨 일이 있었는지 남자에게 물었어요.

나이 든 남자는 그 집에 다섯 사람이 와서는 문을 발로 차고 들어가더니 곧 젊은 여인을 끌고 나왔다고 했어요. 비명을 지르는 여인을 마차에 태우고는 떠났대요.

"다섯 남자 중 딱 한 사람만 칼을 차고 있지 않았소. 그는 키가 작고 살집이 있는 데다 나이는 많고 머리카락이 없었소. 우두머리로 보이는 남자는 키가 크고 검은색 눈에 콧수염이 있었소. 얼굴에 흉터가 있었던 것 같소."

나이 든 남자가 말했어요.

다르타냥은 무거운 마음을 안고 집으로 돌아왔어요. 집 밖에서는 보나슈가 누군가를 기다리고 있었어요. 다르타냥을 보더니 안절부절못하는 눈치였어요. 다르타냥은 의심의 눈초리로 집주인을 자세히 살펴봤어요.

'키가 작고 살집이 있는 데다 나이는 많고 머리카락이 없다…… 아내를 납치하는 데 보나슈가 거든 거로군!'

다르타냥은 황급히 방으로 올라갔어요. 플랑셰가 편지 두 통을 내밀었어요. 하나는 아라미스 앞으로 온 편지였어요. 다른 하나는 다르타냥한테 온 것이었지요. 추기경이 당장 만나고 싶어 한다는 내용이었어요.

'큰일이구먼. 이제 추기경이 몸소 날 쫓다니. 일단 어서 가서 삼총사를 찾아야겠어.'

다르타냥과 플랑셰는 말을 타고 포르토스를 남겨 두고 왔던 여관으로 달려갔어요.

다르타냥이 오자 여관 주인이 말했어요.

"아 네, 포르토스 씨는 여기 계십니다. 실은 저희 최고급 객실에 계시지요. 안 그래도 걱정하던 참이었습니다."

"다쳤습니까?"

다르타냥이 물었어요.

"아니요, 돈을 많이 써서 걱정이었습죠. 매일 저희 최고급 음식을 드시면서 그 값은 안 내고 계시니 말입니다. 여쭤볼 때마다 저희를 때리려 들더군요. 여기 있는 모두가 벌벌 떨고 있습니다."

여관 주인이 말했어요.

"그랬군요. 포르토스가 욱하는 성질이어서 그래요. 돈이 없으면 특히나 더 그렇죠. 걱정 안 해도 됩니다. 오래지 않아 값을 치를 거니까요. 어느 젊은 부잣집 여인이 보살펴 주고 있단 얘기를 들었거든요."

다르타냥이 웃으며 말하자 여관 주인이 말했어요.

"이야기의 전부를 듣진 못하신 듯하군요. 그게, 얼마 전에 포르토스 씨가 제게 어떤 공작 부인에게 편지를 전달해 달라고 했어요. 그런데 가서 보니, 젊다던 부인은 사실 오십이 넘은 여인이었습니다. 그보다 훨씬 젊은 것처럼 행동하긴 했지만요."

여관 주인이 말했어요.

"부인이 포르토스를 도와주지 않았나요?"

다르타냥이 물었어요.

"안타깝게도 그렇습니다. 부인이 욕을 퍼붓더군요. 그러면서 포르토스 씨가 직접 보러 오기 전까지는 절대 도와주지 않을 거라 했습니다. 아무리 다쳤어도 말이지요. 실은 포르토스 씨가 결투 중에 상처를 입었거든요. 상처를 입힌 사람은 자신과 결투한 사람이 포르토스 씨라는 것을 알고는 냉큼 사과를 합디다. 그러더니 자기는 다르타냥 씨를 찾고 있다고 하더군요. 그 사람이 누군지 아시겠습니까?"

다르타냥은 여관 주인이 추기경의 첩자일지 모른다고 생각했어요.

"모르겠습니다. 먼저, 포르토스는 어디 있나요? 제가 대신 값을 치러 드리겠습니다."

다르타냥이 조심스레 말했어요.

여관 주인은 위층 방을 가리켰어요. 그곳에서 포르토스와 그의 조수, 무스크통이 카드놀이를 하고 있었지요.

"다르타냥, 자넨가? 마침내 다시 보게 되다니 기쁘군! 안타깝지만 아직 상처가 아물지 않아서 말이야. 일어나서 자넬 맞이할 수가 없네. 혹시 여관 주인이 무슨 말을 했는가?"

다르타냥은 포르토스에게 창피를 주고 싶지 않았어요. 그래서 주인이 아무 말도 안 했다고 말했어요. 잠시 뒤, 포르토스가 하는 말이, 어떤 사람과 싸웠는데 아주 쉽게 이겼다는 거예요. 그런데 돌부리에 걸려 넘어지는 바람에 다치고 말았대요. 포르토스는 너무 창피해서 결투에서 지고 말았다는 이야기를 차마 할 수가 없었던 거지요.

"왜 파리로 돌아오지 않았습니까?"

다르타냥이 물었어요.

"돌아가려고 했네. 여긴 너무 지루했거든. 그런데 어느 날, 친절해 보이는 여행자들이 내가 잠든 사이에 돈과 말을 훔쳐 갔지 뭔가. 하는 수 없이 젊고 아름다운 나의 공작 부인이 돈을 보내 주겠거니 하고 기다리고 있었다네. 자네도 알잖나, 부인이 날 무지하게 사랑한다는 걸. 편지를 받자마자 돈을 부쳐 줄 걸세."

"물론 그러겠지요."

다르타냥은 대화를 대충 얼버무렸어요. 그러고는 자기가 겪은 모험을 포르토스에게 들려줬어요.

그날 밤 늦게 다르타냥과 플랑셰는 아라미스를 찾으러 떠났어요. 떠나기 바로 직전 포르토스를 대신해 여관 주인에게 값을 톡톡히 치렀지요. 그러고는 포르토스가 집으로 돌아갈 수 있도록 말 한 마리를 여관에 남겨 뒀어요.

◆─

다르타냥과 플랑셰는 아라미스와 헤어진 곳에 다다랐어요. 그곳에서 가까운 신학교에 가서 아라미스를 찾아보았지요. 다르타냥은 아라미스가 그 지역 성직자들과 함께 지내고 있다는 것을 알게 되었어요. 그런데 글쎄 아라미스가 성직자로 살기 위해 총사를 그만두기로 마음먹었다지 뭐예요!

"내 친구 아라미스가 맞습니까? 달라 보이네요."

교회를 찾아가 아라미스를 만난 다르타냥이 물었어요.

아라미스가 차분하면서도 조금 슬픈 목소리로 말했어요.

"총사 제복을 벗고 사제복으로 갈아입었다네. 여기에 있으면 마음이 퍽 안정된다네."

"아라미스, 그러지 말고 함께 돌아갑시다. 저희 모험은 아직 끝난 게 아니에요. 젊은 여인이 또다시 납치당했다고요."

다르타냥이 말했어요.

"돌아가지 않겠네. 자네가 그 젊은 여인을 사랑한다는 거 아네. 하지만 난 여기에 있어야만 해. 이제 내 인생에 사랑은 없다네."

아라미스는 누군가를 너무 사랑해서 가슴 아파하고 있는 게 틀림없었어요. 다르타냥이 말했어요.

"이 편지를 보면 아마도 생각이 바뀔 듯싶네요. 제가 파리를 떠나온 날 도착한 편지입니다. 여인의 향기가 나는 거 같은데요."

아라미스는 그 편지를 얼른 뜯었어요.

"아아, 그 여인이 날 잊었다고 생각했네."

아라미스는 다르타냥을 덥석 껴안았어요.

"있지, 내가 사랑하는 여인을 추기경이 멀리 내쫓았다네. 왕비님을 도와 은밀한 계획을 꾸미고 있었지. 그걸 추기경이 알아냈고. 두 번 다시는 그 여인을 보지 못할 거라 생각했네."

그제야 다르타냥은 이해가 갔어요. 아라미스의 집을 찾아갔던 날 밤 보나슈 부인, 그러니까 콘스탄스와 이야기를 나누었던 바로 그 여인을 뜻하는 것이었어요. 오래전에 아라미스와 다르타냥을 싸우게 했던 손수건의 주인이었지요.

"이제는 저와 함께 돌아가시겠습니까?"

다르타냥이 물었어요.

"물론이네, 친구여."

아라미스가 말했어요.

다음 날, 아라미스가 말에 올라타려 했지만 아직 몸이 성치 않았지요.

"몸을 챙기면서 천천히 하세요. 일단 저 혼자서 아토스를 찾으러 가겠습니다."

다르타냥은 팔팔한 말 한 마리를 아라미스에게 남겨 두고 떠났어요. 이내 아토스가 공격받았던 여관으로 향했어요.

다르타냥이 여관 주인에게 물었어요.

"절 기억하십니까? 몇 주 전 제 친구에게 가짜 돈을 받았다며 몰아붙이셨지요?"

"이보시오, 총사 양반. 내 끔찍한 실수를 했소. 그 대가는 이미 톡톡히 치렀소. 그땐 도둑놈들이 이곳을 누빈다는 소문을 들어서 그랬던 거요. 마침 당신과 그 친구의 생김새와 옷차림이 딱 들어맞았던 거고. 그 뒤로 추기경께서 직접 군대를 보내 주셔서 진짜 도둑놈들을 잡을 수 있었소."

여관 주인이 말했어요.

"그럼 그 사람은 지금 어디 있습니까?"

다르타냥이 묻자 주인이 울상을 지으며 말했어요.

"우선 내 말 좀 들어 보시오. 당신 친구는 용감히 싸웠소. 일곱이나 덤벼들었는데도 말이오. 그러다 내 음식 저장 창고로 후퇴하더군. 한번 들어가더니 문을 걸어 잠그고는 나오질 않고 있소. 범죄자가 아닌 걸 알았으니 나오라고 했지만 내 말을 믿지 않더군. 자기 조수를 들일 때만 딱 한 번 문을 열었지 뭐요. 지금 둘이 안에서 음식을 축내고 있단 말이오. 그 때문에 내 가게가 망하게 생겼소."

다르타냥이 웃음을 참으며 말했어요.

"아, 그것참, 안타까운 일이네요."

갑자기 요란한 소리가 들렸어요. 여관 주인이 다르타냥을 데리고 창고로 갔지요.

"경고하는데, 문을 두들겼다가는 크게 혼날 줄 아시오!"

창고 안에서 아토스가 외쳤어요.

"약속합니다. 허락 없이는 문을 두드리지 않겠습니다."

다르타냥이 말했어요.

"친구여, 자넨가?"

아토스가 다르타냥의 목소리를 알아보고 반갑게 문을 열었어요. 마치 오랜만에 보는 형제처럼 다르타냥을 꼭 끌어안았지요.

마침내 창고 안으로 들어선 여관 주인은 큰 충격을 받았어요. 음식이며 부서진 가구가 여기저기에 널브러져 있었거든요. 다르타냥은 그 값으로 아토스의 말을 주인에게 주겠다고 했어요.

다르타냥이 아토스에게 말했어요.

"걱정 마세요. 훨씬 팔팔하고 튼튼한 말을 가지고 왔습니다."

그날 밤, 둘은 다시 만난 기념으로 즐거운 시간을 보냈어요. 하지만 포르토스와 아라미스가 사랑하는 여인들에 대한 이야기가 나오자 아토스의 낯빛이 금세 바뀌었어요. 그 점을 눈치채지 못한 다르타냥은 자기도 사랑하는 콘스탄스 이야기를 하려고 했어요. 그때 아토스가 끼어들었어요.

"사랑에 관해서라면 나도 해 줄 얘기가 하나 있다네. 수년 전 내 친구한테 있었던 일이지."

아토스가 말했어요.

"그렇군요."

아토스가 친구의 이야기라고 했지만 다르타냥은 아토스가 자신의 사랑 이야기를 하려 한다는 걸 알아챘어요. 너무나도 가슴 아프기에 아토스 본인의 이야기라고 말하지 못하는 거예요.

"친구는 어느 지방의 백작이었다네. 그는 그곳에서 젊은 여인을 하나 만났지. 여인은 오빠와 함께 그 마을로 여행을 온 참이었지. 친구와 여인은 깊은 사랑에 빠졌다네. 이내 결혼도 했지. 그런데 어느 날, 친구는 여인이 도둑이라는 사실을 알게 됐다네. 오빠라고 했던 남자도 역시 도둑이었고! 친구는 화가 머리끝까지 났다네. 그래서 여인에게 진실을 이야기하라고 말했지. 그런데 여인이 친구를 죽이려고 덤벼

들지 뭔가! 그날 밤 여인은 달아나 버렸다네. 집안의 귀중한 보물을 들고서 말이야. 그 뒤로 친구는 두 번 다시 그 여인을 보지 못했다네."

"슬픈 이야기네요. 친구분이 참 안됐어요."

다르타냥이 말했어요.

10장
윈터 경과 클라릭 부인

　다음 날 아침, 다르타냥은 자신과 아토스의 말들이 없어
진 걸 알게 되었어요.

　"거참 난감하구먼. 있지, 자네가 먼저 잠자리에 들었잖나.
난 그때 안 자고 밤에 도착한 여행자들과 함께 이야기를 나
눴다네. 아무래도 그 사람들이 말들을 훔쳐 간 듯하군. 주의
깊게 보지 못했네. 미안하네, 친구."

　아토스가 말했어요.

　다르타냥과 아토스는 하는 수 없이 조수들이 타고 온 말
을 타야 했어요. 조수 둘은 걸어서 가야 했고요. 시간이 지
나 넷은 마침내 아라미스와 포르토스를 만났지요. 그런데

그 둘에게도 말이 없다고 하지 뭐예요. 포르토스는 여관에 추가로 값을 지불하느라 말을 팔았대요. 아라미스는 떠돌이 도둑들에게 된통 당했고요.

"여러분들 모두 위대한 총사님들 아닙니까. 그런데 어쩜 말을 제대로 지킨 분이 한 분도 안 계시는 거죠?"

다르타냥이 웃으며 말했어요.

며칠 뒤 파리에 다다른 다르타냥과 삼총사는 트레빌 대장에게 가서 보고를 올렸어요. 그때 다르타냥은 새로운 소식 하나를 들었어요. 추기경의 호위대에서 받던 훈련을 마치고 총사가 되어도 좋다는 허락을 받은 것이지요. 이제 딱 한 차례만 더 전투를 치르면 되었어요. 마침내 꿈이 이뤄질 터였지요! 다르타냥과 친구들은 그날 밤 축하 잔치를 벌였어요.

며칠 뒤, 삼총사와 다르타냥은 머지않아 전투에 나가게 될 거라는 소식을 들었어요. 그런데 전투에 나가려면 좋은 말과 장비가 필요했어요. 하지만 돈이 한 푼도 없었던 탓에 넷은 침울한 눈빛으로 서로를 바라만 봤지요.

마침내 아토스가 입을 열었어요.

"방법이 하나 있네. 다르타냥이 손을 들어 올릴 때마다 값비싼 다이아몬드가 눈부시게 반짝이는걸. 왜 이 얘긴 아무도 입 밖에 꺼내질 않는 건가."

"이건 왕비님께서 주신 선물이에요."

말은 그렇게 했지만 어쩔 수 없다는 것을 다르타냥도 알았어요. 총사가 된 이상 전투에 필요한 장비가 있어야 했지요. 더군다나 네 친구는 서로를 보살펴 주기로 맹세도 했고요.

그 뒤 어느 날, 교회 앞을 걷던 다르타냥은 포르토스가 어떤 여인과 나직이 이야기를 나누는 걸 보았어요. 포르토스가 입이 닳도록 말한 바로 그 '공작 부인'이 틀림없었어요. 여관 주인의 말이 맞았어요. 포르토스가 그리도 떠들었던 것과는 달리 부인은 부유해 보이지도 젊지도 않았어요.

잠시 뒤, 다르타냥은 포르토스와 공작 부인이 있는 곳 근처에 또 다른 한 여인이 앉아 있는 걸 봤어요. 묑에서 본 남자와 이야기를 나눴던 바로 그 여인이었지요. 밀라디라는 이름의 첩자 말이에요!

다르타냥은 밀라디가 일어나 마차를 타고 떠나자 그 뒤를 쫓았어요. 밀라디는 묑에서 본 남자와 한패인 게 틀림없었어요. 그 남자가 콘스탄스를 납치했으니 밀라디를 쫓아가면 콘스탄스를 찾을 수 있을지도 몰랐어요.

도시를 한참 가로질러 가던 마차가 마침내 멈췄어요. 밀라디가 창문 밖으로 몸을 내밀더니 어떤 남자에게 말을 걸었어요. 다르타냥이 마차 반대편으로 슬그머니 다가가자 남자가 다르타냥을 발견하고 큰 소리로 물었어요.

"또 당신인가?"

"아, 안녕하신가요?"

깜짝 놀란 다르타냥이 인사했어요.

칼레 항구에서 맞서 싸웠던 바로 그 남자였어요. 런던으로 가는 배를 타기 위해 다르타냥이 남자에게서 허가 편지를 빼앗았지요.

밀라디는 다르타냥을 보자마자 창문 커튼을 홱 치고선 마부에게 당장 떠나자고 말했어요.

"잘 가시오, 누님."

떠나는 밀라디를 보고 남자가 말했어요.

"당신 이름이 뭡니까?"

다르타냥이 묻자 남자가 대답했어요.

"난 윈터 경이오. 당신은 그때 내게 달려들어 편지를 빼앗아 갔지. 그러나 또다시 날 이길 순 없을 거요."

"그러면 언제 저와 싸우시겠습니까?"

둘은 시간과 장소를 정했어요. 그날 오후 세 시 정각에,

삼총사와 다르타냥은 윈터 경과 그의 사람들을 만났어요. 두 무리는 이내 싸움을 시작했어요.

싸움은 그리 오래가지 못했어요. 마지막에 가서는 다르타냥과 윈터 경만 싸움에 남았지요. 마침내 다르타냥이 윈터 경이 쥐고 있던 칼을 탁 내리쳤어요.

"당신을 얼마든지 해칠 수 있지만 누님이 계시다니 봐드리겠습니다. 누님을 슬프게 하고 싶진 않으니까요."

다르타냥이 칼을 내리며 말했어요.

윈터 경은 친절을 베푼 다르타냥에게 고마운 마음에 그날 저녁 식사 자리에 초대했어요. 자기 누님 클라릭 부인도 올 거라 했지요.

"클라릭 부인은 사실 누님이 아니라 내 형수님이오. 형님과 결혼을 했었지. 불쌍한 내 형은 몇 달 전에 죽었소."

저녁이 되자 다르타냥은 윈터 경의 집으로 갔어요. 밀라디는 시동생을 살려 줘서 고맙다고 다르타냥에게 말했어요. 다르타냥은 클라릭 부인이라 불리는 밀라디를 바라보며 곰곰이 생각했어요. 이윽고 머리를 굴려 좋은 계획을 짜냈지요. 우선 밀라디와 가까워진 다음 콘스탄스에게 무슨 일이 일어났는지 알아낼 작정이었어요.

다르타냥은 다음 날에도 밀라디를 보러 갔어요. 다음 날도 또 그 다음 날도 그리했지요. 밀라디는 다르타냥을 볼 때마다 한층 더 상냥해졌고 몹시 기뻐하는 듯했어요.

다르타냥은 서서히 밀라디에게 빠져드는 척했어요. 몇 번이고 밀라디를 만나러 갔지요. 그런데도 밀라디가 품고 있는 그 어떤 비밀도 알아낼 수가 없었어요. 자신의 일에 관해서는 입을 꾹 다물고 있었으니까요. 그런데 어느 날 밀라디가 커다란 사파이어가 박힌 황금 반지를 다르타냥에게 주지 뭐예요. 아끼는 보석에 다르타냥을 좋아하는 마음을 담아 선물한 것이었지요.

다르타냥은 아토스에게 밀라디와 있었던 일을 말했어요. 그러자 아토스가 다르타냥의 팔을 콱 붙잡고는 말했어요.

"반지를 좀 보여 주게."

아토스는 화가 잔뜩 나 불그죽죽해진 얼굴로 다르타냥의 팔을 세게 움켜쥐었어요.

"설마 같을 리가. 이런, 똑같잖아! 여기 흠집이 나 있지. 기억한다네. 이건 원래 내 반지였어. 어머니께서 내게 주신 것이지. 어머니는 어머니의 어머니에게서 받으신 것이고. 우리 집안 대대로 전해져 내려오던 것일세."

아토스가 말했어요.

"그런데 이걸 팔았던 건가요?"

초조한 목소리로 다르타냥이 물었어요.

아토스가 이상야릇한 미소를 지으며 말했어요.

"아닐세. 사랑하던 여인에게 주었지. 밀라디라는 여인, 아니 클라릭 부인인지 이름이 뭐든지 간에 그 사람한테. 그 여인은 내가 사랑했던 여인이라네. 자네한테 들려줬던 이야기는 친구 이야기가 아니고 나한테 있었던 일이라네. 다르타냥, 자넨 내게 형제와도 같다네. 그러니 꼭 말해 주어야겠네. 그 여인을 가까이 하지 말게."

다르타냥은 더는 밀라디를 찾아가지 않았어요. 며칠이 지나자 밀라디에게서 편지 한 통이 왔어요. 다르타냥이 상처를 받은 건 아닌지 걱정된다고 했어요. 다르타냥은 한 번 더 밀라디와 마주하기로 마음먹었어요.

"마침내 오셨군요."

다르타냥이 방으로 들어서자 밀라디가 물었어요.

"그동안 무슨 일이 있었나요? 아니면 제가 잘못했나요? 왜 절 찾아오지 않으셨나요?"

"있잖습니까, 사실을 털어놓아야겠군요. 당신도 진실을

말해 주길 바랍니다. 제 친한 친구가 당신이 아는 사람이었어요. 당신이 제게 준 반지를 친구가 알아보더군요."

밀라디가 새하얗게 질린 채로 주저앉았어요.

"당신이 추기경의 첩자라는 거 압니다. 콘스탄스 보나슈를 납치하는 걸 도운 것도 알고 있고요. 게다가 당신이 도둑이라는 것도 알고 있습니다. 사실 제가 진정으로 사랑하는 여인은 바로 콘스탄스랍니다."

다르타냥은 콘스탄스에 대해 물어보려 했지만 그럴 새가 없었어요. 밀라디가 의자에서 벌떡 일어나더니 짧은 칼로 다르타냥을 찌르려 했거든요. 처음에 다르타냥은 덜컥 놀란 나머지 옴짝달싹할 수가 없었어요. 하지만 이내 재빨리 옆으로 휙 비켜서 공격을 피했지요.

"그럼 일부러 날 사랑하는 척한 기린 말이야? 아아, 이 짐승아!"

밀라디가 이상한 목소리로 소리를 질렀어요.

다르타냥은 슬금슬금 문 쪽으로 뒷걸음질을 쳤어요. 밀라디가 다르타냥을 향해 힘껏 물건들을 내던졌어요. 다르타냥은 얼른 주변의 가구를 끌어다 길을 막아 버렸어요. 그러고는 조금 열린 문틈 사이로 단번에 휙 뛰쳐나가 빗장을 걸어 잠갔어요. 밀라디는 문을 억지로 열려고 칼로 문을 내리치기까지 했어요. 다르타냥은 후다닥 아래층으로 뛰어 내려가 길거리로 나왔어요.

다음 날, 다르타냥은 있었던 일을 아토스에게 들려줬어요.

"각별히 조심하게나. 그 여자는 정말 믿을 수 없는 사람이니까."

"알겠습니다. 그나저나 여기, 집안의 보물을 돌려드릴게요."

"아니네. 자네가 팔아 주면 좋겠군. 이 반지에는 정말 안 좋은 기억이 있어서 말이지. 팔아서 받은 돈으로 전투 장비를 사면 될 듯싶네만."

아토스가 말을 막 마치자마자 플랑셰가 편지 두 통을 들고 왔어요. 첫 번째 편지에는 어느 후미진 동네의 주소가 쓰여 있었고, 그 아래에는 짧은 글이 남겨져 있었어요.

오늘 밤 일곱 시에 이 주소로 오시오. 그리고 그곳에서 지나가는 마차들을 유심히 살펴보시오. 잠깐이라도 당신을 보겠다며 한 여인이 위험을 무릅쓰고 있으니까. 그 여인을 아낀다면 입도 뻥긋하지 말고 마차를 따라가려 하지 마시오.

아토스와 다르타냥은 다른 총사들에게 이 편지를 보여 줬어요. 총사들은 속임수일지도 모른다며 그곳으로 가면 안 된다고 했지만 다르타냥은 위험하더라도 콘스탄스를 찾을 기회를 놓쳐선 안 된다고 했어요. 걱정이 된 총사들은 결국 다르타냥과 같이 그곳에 가기로 했어요. 아토스, 포르토스, 그리고 아라미스는 숨어서 지켜볼 작정이었어요.

아토스는 두 번째 편지도 읽어 보라고 다르타냥에게 말했어요. 다르타냥이 열어 보니 밤 여덟 시에 추기경의 집으로 오라는 편지였지요.

"아까 그 편지보다 훨씬 더 의심스럽군. 추기경한테 무슨 꿍꿍이속이 있을지 모른다네."

아토스가 말했어요.

삼총사는 추기경의 집 바깥에서 기다리기로 했어요. 혹여나 다르타냥이 잡혀가면 쫓아가서 맞서 싸울 생각이었지요.

그날 밤, 네 사람은 첫 번째 편지에 나온 주소로 갔어요. 땅거미가 드리워 어둑해지자 마차 한 대가 길을 따라 천천히 모습을 드러냈어요. 다르타냥의 가슴이 쿵쾅쿵쾅 빠르게 뛰었어요. 불현듯 마차 창문 너머로 어떤 여인의 얼굴이 보였어요. 조용히 하라는 듯 또는 입맞춤의 표시인 듯 손가락

두 개를 입술에 갖다 대고 있었지요. 마차가 쏜살같이 지나 갔지만 다르타냥은 두 눈으로 똑똑히 봤어요! 그 여인은 콘스탄스였어요.

편지에서는 마차를 뒤쫓지 말라고 했지만 다르타냥은 재빨리 말을 타고 쫓아갔어요. 하지만 마차를 따라잡지는 못했어요. 마차가 멀어져 가는 모습만 그저 바라볼 수밖에 없었지요.

11장

복수를 꿈꾸는 밀라디

다르타냥을 금세 따라잡은 삼총사도 역시 마차 안에 앉아 있는 콘스탄스를 봤다고 말했어요. 또한 아토스는 콘스탄스 옆에 한 남자가 앉아 있었다고 말했어요.

"아! 콘스탄스는 어딘가 다른 곳으로 끌려가는 게 분명해요. 콘스탄스는 아직 납치한 자들 손에 붙잡혀 있는 거라고요. 어디로 가면 구할 수 있을지……."

다르타냥이 안타까워하며 말했어요.

"적어도 콘스탄스가 살아 있다는 건 알게 됐군."

이 말과 함께 아토스는 다르타냥에게 추기경의 집으로 가야 한다고 말해 줬어요. 네 사람은 황급히 도시를 가로질러 추기경의 집으로 향했어요. 계획했던 대로 삼총사는 바깥에서 기다렸지요.

다르타냥이 집무실로 들어서자 자리에 앉아 있던 추기경이 물끄러미 쳐다봤어요.

다르타냥은 안절부절못하는 마음을 숨기느라 무진장 애를 먹었어요. 추기경이 다르타냥의 모든 것을 알고 있는 듯이 말했거든요. 다르타냥의 고향이 어디인지, 가족은 누구인지, 파리로 오게 된 이유, 그리고 영국에서 겪었던 모험까지도요.

"자네는 런던에서 돌아온 뒤 아주 중요한 사람을 만났지? 흠, 그 여인이 준 보석을 아직 끼고 있구먼."

다르타냥은 반지를 감추려 했지만 이미 너무 늦어 버렸지요.

"자넨 용감하다네. 그러나 내 경고하지. 자네에겐 힘센 적들이 있어. 조심하게나. 안 그러면 그자들이 자넬 죽이고 말 테니. 자, 말해 보게. 내 호위대에서 중요한 일을 해 보지 않겠나? 대위 자리를 주겠네."

추기경이 말했어요.

"제 친구 모두가 총사대에 있습니다. 총사가 되는 것이 제 꿈입니다. 마침내 꿈을 눈앞에 두고 있고요."

"내 뜻을 거스르는 건가? 내 호위대에서 일하기에는 자네가 너무나 잘났다고 생각하는가?"

추기경의 물음에 다르타냥이 조심스레 답했어요.

"그렇지 않습니다. 다만 아직 전투에서 제 실력을 증명해 보이지 못했습니다. 전투를 치르기 전까지는 추기경님의 제안을 받아들이는 게 옳지 않다고 느꼈을 뿐입니다."

"잘 알겠네. 그러나 제안을 잊지 말게. 자네가 거절했다는 것도 잊지 말고."

추기경이 말했어요.

다르타냥이 밖으로 나와 삼총사에게 있었던 일을 들려줬어요. 그러자 삼총사는 다르타냥이 추기경에게서 좋은 제안을 받은 걸 축하해 주었어요. 또한 그 제안을 거절한 것을 두고 옳은 일을 했다고 말해 주었지요. 넷은 앞으로도 더욱 주의를 기울여 서로를 돌봐 주자고 입을 모았어요. 추기경은 믿을 사람이 못 되었으니까요.

며칠 뒤, 네 사람은 전투를 치르러 떠났어요. 버킹엄 공작이 말한 대로, 프랑스와 영국은 전쟁을 시작했어요. 첫 전투는 라로셸이라는 마을에서 벌어질 터였어요. 다르타냥은 가는 길 내내 콘스탄스를 떠올렸어요. 추기경이 한 말도 머릿

속을 떠나질 않았지요. 그러느라 다르타냥은 밀라디와 두 남자가 자기를 지켜보고 있다는 걸 알아차리지도 못했어요. 밀라디가 다르타냥을 가리키자 남자 둘이 고개를 끄덕이고는 다르타냥을 뒤쫓아 갔어요.

다르타냥은 총사대와는 떨어진 채 추기경의 호위대와 함께 라로셸로 가는 중이었어요. 하루는 다른 병사들보다 앞서 걸어가고 있었는데 불현듯 숲에서 발소리가 났어요. 다르타냥이 주위를 쓱 둘러봤어요. 그때 두 남자가 칼을 빼 든 채 다르타냥을 향해 달려오고 있었어요.

다르타냥은 맞서 싸웠어요. 눈 깜짝할 새에 그중 한 명을 다치게 했고, 다른 남자의 손에서는 칼을 쳐 냈어요. 다르타냥은 칼끝으로 남자의 가슴을 겨누고는 물었어요.

"어서 말하게. 날 왜 죽이려 했나? 누가 시킨 거지?"

"어떤 여인이오. 정확한 이름은 모르지만, 사람들이 밀라디라고 불렀소."

남자가 말했어요.

"밀라디가 네게 또 무슨 짓을 하라고 시켰지?"

"젊은 여인을 납치해서 베튄에 있는 한 수녀원으로 데리고 가라 했소."

'콘스탄스.'

다르타냥은 그 젊은 여인이 콘스탄스라고 생각했어요. 다르타냥은 그 남자를 해치지 않는 대신 그 수녀원이 어딨는지 말하라고 다그쳤지요. 밀라디로부터 보호해 주겠다는 약속도 했어요. 그러자 남자는 수녀원의 위치를 말했고, 자기 이름이 브리즈몽이라고 했어요. 이내 둘은 친구가 되어 막사로 돌아갔어요.

‒‒◖

얼마 뒤, 편지 한 통과 신선한 과일이 든 바구니 하나가 다르타냥 앞으로 배달됐어요. 아토스가 보낸 것이었어요. 편지에는 삼총사 모두 다르타냥을 그리워한다고 쓰여 있었어요. 다르타냥은 미소를 씩 지었어요. 과일은 친구들과 함께 나눠 먹기 위해 아껴 두기로 했지요.

다음 날, 뜻밖에도 삼총사가 도착했어요. 다르타냥은 깜짝 놀랐지요. 계획이 바뀐 탓에 생각보다 빨리 도착할 수 있었다고 했어요. 다르타냥은 친구들을 반갑게 맞이하고 이런저런 이야기를 나눴어요. 과일을 보내 준 아토스에게도 감사를 전했지요.

"이상하군. 난 자네한테 아무것도 보내지 않았는걸."

아토스가 말했어요.

다르타냥과 삼총사는 부리나케 막사로 달려갔어요. 브리즈몽이 바닥에 드러누운 채 괴로워하고 있었어요.

"탁자에 있던 과일을 한 입 먹었어요."

브리즈몽이 힘없이 말했어요.

"과일에 독이 든 게 틀림없어요! 마치 아토스가 보낸 것처럼 누군가가 이걸 제게 보낸 거예요. 절 죽이려고 말이에요."

다르타냥이 큰 소리로 외쳤어요.

"밀라디나 추기경이 한 짓임이 틀림없네. 친구들, 이렇게 위험이 도사리는데 계속 나아갈 수는 없다네. 다르타냥, 자네가 이 문제를 밀라디와 해결해야만 하네. 해결되지 않거든 밀라디의 과거를 폐하께 고하겠다고 으르게나. 밀라디는 과거에 엄청난 도둑이었거든. 내게 증거가 다 있으니 신고만 하면 밀라디는 즉시 체포될 걸세."

아토스가 말했어요.

"콘스탄스는 어쩌고요? 어떻게 구하죠?"

다르타냥이 물었어요.

"간단하네. 콘스탄스가 어디에 갇혀 있는지 브리즈몽이 말해 줬다면서? 전투가 끝나는 즉시 다 함께 콘스탄스를 구하러 가자고!"

포르토스가 우렁차게 말했어요.

12장

옛사랑을 만난 아토스

며칠 뒤 삼총사는 어느 여관에서 저녁 식사를 하고 막사로 돌아가는 길이었어요. 곧 라로셸에서 전투를 치를 예정이었기에 모두 긴장하고 있었어요. 그때 불현듯 가까이서 말발굽 소리가 들렸어요.

아토스가 외쳤어요.

"거기 누구냐?"

"그러는 거긴 누구냐?"

상대방도 외쳐 물었어요.

"우린 트레빌 대장의 명령에 따르는 삼총사다."

아토스가 말했어요.

"그런가? 그럼 이름을 말하시게."

상대방이 날카로운 목소리로 말하고는 불빛 아래로 말을 몰아 나왔어요. 그제야 삼총사는 그 사람이 누군지 볼 수가 있었어요.

"추기경님!"

추기경이 아토스를 향해 물었어요.

"자네 이름은?"

"아토스입니다."

"자네를 아네. 내 부하는 아니지만, 용감하고 충직한 데다 믿을 만한 사람이라는 걸 알지. 나는 이곳에 폐하께서 맡기신 비밀 임무가 하나 있어 찾아왔네. 자네와 함께라면 안전할 것 같구먼. 오늘 밤 날 보호하고 지켜 준다면 폐하께서 기뻐하실 걸세."

삼총사는 추기경과 일행을 보호하겠다는 뜻으로 머리를 꾸벅 숙였어요. 그러고는 다 함께 여관으로 향했어요. 총사대는 아래층에서 대기했어요. 누군가 수상한 사람이 오는지 지켜야 했지요. 추기경은 곧장 위층으로 올라갔어요.

삼총사는 추기경이 무슨 꿍꿍이를 벌이고 있는지 궁금해하며 기다렸어요. 이내 아토스가 낡은 난로 쪽으로 친구들을 이끌었어요. 천장까지 쭉 뻗은 난로의 연통이 추기경이 있는 방까지 이어져 있었지요. 아토스는 연통에 귀를 갖다 댔어요. 위층 방에서 오가는 말소리가 들렸어요.

"오늘 밤 런던으로 가게나. 도착하는 즉시 공작을 찾아가 게. 아주 중요한 일이네, 밀라디."

추기경이 말했어요.

"밀라디라니!"

아토스가 소곤거렸어요. 아토스는 밀라디의 목소리를 들 어서 그런지 몸을 움찔거렸지요.

"공작한테 제가 뭐라 말해야 하나요?"

밀라디가 물었어요.

"라로셸에서 항복하라고 공작을 설득하게. 그리하지 않으 면 공작과 왕비의 비밀을 왕에게 말할 거라 전하게. 그 증거 를 내가 갖고 있다는 말도 하고. 그럼 왕비는 쫓겨나든가 죽 임을 당하게 될 거라는 걸 짐작할 수 있을 걸세."

추기경이 말했어요.

"공작이 거절하고 계속해서 프랑스를 공격하면 어떡해 요?"

"공작은 엄청난 사랑에 빠져 있네. 마치 미친 사람처럼,

아니면 바보처럼 말이지. 왕비가 위험에 빠졌다고 믿는 순간 공격을 해야 할지 망설일 걸세. 그런데도 공격한다면 공작을 해치게. 어떻게 해서든 공격을 막게."

"알겠어요. 추기경님의 적을 꼼짝 못 하게 만들 방법을 들었으니, 이제 저의 적에 대해 말씀 좀 드려도 될까요?"

"자네의 적?"

추기경이 묻자 밀라디가 대답했어요.

"저에게도 적이 많답니다. 추기경님을 위해 일하다 생겨난 적들인걸요. 그중 둘이 특히 눈엣가시예요. 혼쭐을 내 주고 싶으니 좀 도와주세요. 우선 콘스탄스 보나슈라는 여인이에요."

"그 여인을 아네. 자네가 수녀원에 가둔 여인 아닌가? 이번 공작과 관계된 일에도 엮여 있고. 그 여인을 어찌할 셈인가?"

"감옥에 보내 주셨으면 해요. 그리고 저에게는 적이 또 한명 있습니다. 콘스탄스 보나슈에게 푹 빠진 자입니다. 바로망나니, 다르타냥입니다."

"나도 그자를 잘 아네. 용감한 녀석이더군."

"맞아요. 우리 모두한테 위협이 되는 사람이죠."

밀라디가 대꾸했어요.

"그자가 공작과 왕비를 도왔다는 증거를 가져온다면 감옥에 보내도록 하겠네."

"완벽해요. 그런데 그것 말고 바라는 게 또 있는데요. 제 계획은……."

그때, 밀라디의 말허리를 끊고는 추기경이 끼어들었어요.

"무슨 말인지 잘 모르겠군. 알고 싶지도 않네. 다르타냥에게 뭔가 복수를 하고 싶은 모양이로군. 그렇다면 내가 짧은 문서를 하나 써 주겠네. 그거면 내가 없어도 될 걸세."

아래층에서 둘의 대화를 엿듣던 아토스가 친구들에게 말했어요.

"난 이제 가야겠네. 내가 어디 있는지 추기경이 묻거든 도로를 살피러 나갔다고 하게."

"조심하게나."

아라미스가 말했어요.

아토스는 가까운 숲속으로 냅다 달려갔어요. 그러고는 나무 사이에 숨어 여관을 바라봤어요. 몇 분이 지나자 추기경이 부하들과 함께 여관을 나오는 모습이 보였어요. 아라미스와 포르토스가 그 뒤를 따랐지요. 아토스는 잠시 기다렸

다가 여관으로 조용히 돌아갔어요. 곧장 추기경과 밀라디가
만났던 방으로 향했지요. 그곳에 아직 밀라디가 있었어요.

아토스는 얼굴이 보이지 않게 모자를 아래로 쓰윽 내려
썼어요.

인기척을 느낀 밀라디가 외쳤어요.

"누구야?"

"결국 당신이 맞군."

아토스가 앞으로 걸어가더니 모자를 들어 올려 얼굴을 드
러냈어요.

"날 기억하겠소, 부인?"

잔뜩 겁을 먹은 밀라디가 마치 유령이라도 본 듯 뒷걸음
질 쳤어요.

"기억하는 모양이군. 내가 죽은 줄 알았겠지, 안 그렇소?
나도 당신이 죽은 줄 알았으니까. 세월이 이렇게나 흐른 뒤
이런 곳에서 만나게 될 줄 누가 알았겠소?"

아토스가 말했어요.

"당신이 여기 왜 있는 거죠? 나한테서 원하는 게 뭐예요?"

밀라디가 떨리는 목소리로 물었어요.

"우선 당신이 추기경과 뭔가를 꾸미고 있다는 걸 알고 있

소. 내 친구 다르타냥과 버킹엄 공작을 해치려는 속셈까지 전부 말이오."

아토스가 한 걸음 가까이 다가가더니 칼자루에 손을 얹었어요.

"맹세컨대 다르타냥의 털끝 하나라도 건드렸다가는 모두에게 당신 비밀을 밝히겠소. 그런 다음 내가 직접 당신 뒤를 쫓을 거요. 당신이 쫓기는 도둑 신세라는 걸 추기경도 알고 있소? 폐하께서도 알고 계시오? 아신다면 분명 당신을 감옥으로 돌려보내고 싶어 하실 텐데."

아토스는 방금 전 추기경이 써 준 문서를 내놓으라고 하고는 재빨리 읽어 내려갔어요.

이 문서를 가지고 있는 자는 날 위해 일하는 사람이니 무슨 죄를 저지르건 그 어떠한 벌도 받지 않는다.

리슐리외 추기경

"'무슨 죄를 저지르건 그 어떠한 벌도 받지 않는다'라……
정말이지 아주 막강한 문서로군. 안됐지만 이건 내가 갖겠소. 영원히 이 나라에서 떠나시오. 잘 가시오, 옛사랑이여.

두 번 다시는 만나지 않기를 간절히 빌겠소."

아토스가 말했어요.

13장
별난 만남의 장소

아토스는 말을 타고 막사로 돌아갔어요. 총사대원들이 아토스를 기다리고 있었어요. 아토스는 다음 날 아침 식사를 하러 오라는 편지를 다르타냥에게 보냈어요. 그리고는 아라미스와 포르토스에게 넷이 전부 모이면 모든 것을 털어놓겠다고 했지요.

다음 날, 네 친구는 추기경과 밀라디에 대한 이야기를 나누기에 안전한 곳을 찾으려 했어요.

"조심해야 하네. 누가 들을지도 모르잖은가. 추기경과 밀라디의 첩자가 여기저기에 있으니까."

아토스가 말했어요.

넷은 병사들로 버글버글한 어느 여관에서 아침을 먹고 있었어요. 다르타냥이 생 제르베 보루에서 벌어진 작은 전투를 직접 봤다고 말하자 옆에 있던 병사 하나가 삼총사를 향해 말했어요.

"이따가 한 무리가 뒤처리하러 그곳으로 갈 겁니다. 피비린내 나는 전투가 벌어진 곳은 항상 엉망진창이 되니까요."

"아, 그걸 노리면 되겠구먼."

아토스가 말했어요.

"뭘 말입니까?"

병사의 질문에 다른 병사 몇몇도 몸을 돌리더니 대화에 귀를 기울였어요.

"아…… 친구들과 내가 생 제르베 보루에서 점심을 할 생각이네. 한 시간 정도 머물 건데 쫓아내려 들 사람은 아무도 없겠지."

아토스가 그럴듯하게 둘러대자 어떤 병사가 말했어요.

"하지만 우리보다 보루에 훨씬 가까운 위치에 적이 있어요. 여러분이 보루에 이르기도 전에 그쪽에서 공격할지도 모릅니다."

근심 가득한 표정의 다르타냥에게 아토스가 속삭였어요.

"완벽한 모임 장소가 될 걸세. 분명히 그곳에선 누구도 우리 얘기를 엿들을 수 없을 테니까."

생 제르베 보루는 두 부대의 진영 사이에 있는 작은 요새였어요. 전날 있었던 전투 때문에 엉망이 된 상태였지요. 병사들이 쓰러진 자리에 무기가 나뒹굴었고 벽도 와르르 허물어져 있었어요. 삼총사와 다르타냥, 그리고 조수들은 무기를 최대한 많이 챙긴 다음 요새 꼭대기로 올라가 도시락을 꺼냈어요.

적군이 오나 조수들이 망을 보는 사이, 아토스가 전날 밤 추기경과 밀라디의 대화와 이후에 자신이 밀라디와 나눈 이야기를 들려줬어요. 이야기를 전부 들은 다르타냥은 크게 놀랐어요.

"밀라디는 다르타냥, 자네를 해치고 싶어 한다네. 그런 밀라디를 추기경이 도와주기로 했고."

아토스가 말했어요.

"그러면 전 어떻게 하면 좋을까요?"

다르타냥이 물었어요.

"우리가 있다는 거 잊지 말게. 반드시 자넬 도울 테니까."

아토스가 침착한 목소리로 말했어요.

그때 아토스의 조수, 그리모가 몇몇 적군이 다가오고 있다는 신호를 보냈어요. 총사대원들은 재빨리 높다란 벽에 딱 붙어 섰어요. 하지만 적군의 눈에 띄고 말았지요. 양쪽 모두 총을 쏘기 시작했어요. 이내 짧은 전투가 끝났어요. 총사대원들에 밀린 적들이 뒤로 물러나고 있었지요.

싸움을 끝내고서 아토스가 물었어요.

"자, 어디까지 말했더라?"

"밀라디 얘기를 하고 있었죠."

다르타냥이 말했어요.

아토스는 밀라디가 추기경에게 받은 문서를 보여 줬어요.

"아니, 문서를 손에 쥔 자는 어떤 죄를 저질러도 된다는 허락이 담겼잖습니까. 엄청나게 막강하네요. 아, 이걸 빨리……."

그런데 다르타냥이 다음 말을 채 잇기도 전에 그리모가 소리쳤어요.

"전투 준비하세요!"

아까보다 많은 적군들이 보루로 다가오고 있었어요.

"막사로 돌아가는 게 좋겠군. 우리보다 적들의 수가 훨씬 많아졌으니."

포르토스의 말에 아토스가 고개를 흔들며 말했어요.

"안타깝지만 그건 세 가지 이유로 힘들다네. 우선 우린 아직 점심을 다 먹지 못했네. 의논해야 할 중요한 일이 남아 있고. 더군다나 이곳에 한 시간도 채 있질 않았다네."

결국 총사대원들은 조금 전처럼 적들을 향해 총을 쏘았어요. 적들도 총을 쏘았지요. 그렇게 다시금 짧은 전투를 끝냈어요. 어떻게 해서든 적군들이 뒤로 물러나게 밀어붙였어요. 조수들은 낡은 무기를 한데 그러모아 벽에 기대어 세워 놓았어요. 보초를 서는 병사들처럼 꾸미기 위해서였지요.

"이렇게 하면 함부로 공격 못 하겠지. 아마 우리 쪽 병사가 훨씬 많을 거라 생각할 테지. 자 다르타냥, 아까 하려던 말이 뭔가?"

아라미스가 물었어요.

"아 네, 왕비님과 공작님에게 가서 조심하시라 말씀드려야 해요. 제가 런던으로 돌아가서……."

다르타냥이 말하고 있는데 아토스가 끼어들었어요.

"안 돼, 지금 누구도 막사를 떠나선 안 된다네. 추기경과 밀라디가 단단히 감시하고 있을 걸세."

불현듯 멀리서 총소리가 들려왔어요. 또다시 적군이 다가오고 있었어요. 이번에는 엄청난 수의 적군들이 오고 있었어요.

"친구들, 이만하면 된 것 같네. 이제 돌아갈 시간이라네."

아토스가 말했어요.

넷은 막사로 황급히 돌아갔어요. 병사들이 이제나저제나 기다리고 있었지요. 총사대원들이 돌아오자 이천 명이 넘는 병사들이 '와!' 하고 환호성을 터뜨렸어요. 총사대원들이 물리친 적군들과 전투 이야기가 빠르게 퍼져 나갔어요.

소식을 들은 추기경은 곰곰이 생각에 잠겼어요.

'총사대의 솜씨가 대단하군. 그들을 내 편으로 만들어야겠어. 아무래도 호의를 베푸는 게 좋겠군.'

추기경은 용감한 병사들을 뒀다며 트레빌 대장에게 축하

의 말을 건넸어요.

"다르타냥은 아직 저희 총사대원이 아닙니다. 호위대 소속입니다만."

트레빌 대장이 말했어요.

"그렇다면 데리고 가게. 어차피 늘 총사대원들과 함께 있지 않는가. 이제 정식으로 총사가 될 때지."

추기경이 말했어요.

14장
윈터 경의 복수

"드디어!"

자신이 정식 총사가 되었다는 소식을 들은 다르타냥이 외쳤어요.

"고맙습니다, 아토스. 생 제르베 보루에서 만나자고 한 건 진짜 멋진 계획이었어요. 그때 그 전투에서 보여 준 용기 때문인지 추기경조차도 우릴 좋아하는 듯싶네요. 그나저나 공작님과 왕비님께 조심하시라고 알려 드려야겠어요. 런던에 직접 갈 수 없다면 편지를 쓰면 어떨까요?"

"내 생각엔 공작이 아니라 윈터 경에게 써야 할 것 같네만. 추기경의 첩자가 여기저기에 널려 있으니 편지가 공작에게 제대로 가진 못할 걸세. 하지만 윈터 경에게 보내는 편지를 막을 사람은 없지. 윈터 경이 밀라디의 본모습을 알게 된다면 우릴 도와 밀라디를 막을 수 있을 거야.”

아라미스가 말했어요.

모두 같은 마음이었어요. 이내 아라미스가 편지를 쓰기 시작했어요.

“형의 아내였던 밀라디를 조심하라는 편지를 윈터 경에게 쓰려면 더 많은 정보가 필요하다네. 밀라디에 대해 아는 게 또 뭐가 있는가?”

아라미스가 물었어요.

잠시 생각하던 아토스는 마침내 밀라디에 관한 이야기를 털어놓았어요.

“밀라디는 도둑이라네. 감옥에서 탈출한 다음 윈터 경의 형과 결혼했지. 형이라는 사람은 얼마 안 있다 죽었다네. 아무래도 재산을 상속받으려고 밀라디가 죽인 것 같네.”

“그걸 어찌 알았는가?”

포르토스가 물었어요.

“밀라디가 윈터 경의 형을 만나기 전 밀라디와 나는 아내와 남편 사이였네. 그런데 어느 날 내가 비밀을 알게 되자 날 죽이려 했다네."

아토스가 말했어요.

"보아하니 우리 총사들은 사랑에 영 운이 없는 듯하군."

포르토스가 쓴웃음을 지으며 말했어요.

잠시 뒤, 아토스가 모두를 향해 말했어요.

"왕비님께는 어찌 귀띔해 드리지? 직접 찾아뵈면 추기경이 알게 될 텐데 말이야."

"그건 내가 하겠네. 내가 사랑하는 여인이 왕비님의 시녀라네. 전에도 우릴 도운 적이 있네. 실은 저번에 공작이 파리에 왔을 때였지."

아라미스가 말했어요.

그리하여 아라미스는 편지 한 통은 윈터 경에게, 왕비님께 귀띔해 달라는 내용의 다른 한 통은 자신이 사랑하는 여인에게 썼어요. 총사대원들은 윈터 경에게 쓴 편지를 플랑세 손에 들려 런던으로 보냈어요. 그리고 바쟁한테는 아라미스가 사랑하는 여인에게 편지를 전하라고 했지요.

그사이 밀라디는 배를 타고 런던으로 향하고 있었어요. 자신을 속인 다르타냥과 으름장을 놓은 아토스 때문에 울화통이 치밀었어요. 얼른 런던에 가서 해야 할 임무를 끝마치고 프랑스로 돌아가 복수하고 싶었어요.

배는 며칠이 지나고서야 런던 항구에 다다랐어요. 작은 보트가 다가와 승객을 맞이했어요. 해군 장교 제복을 입은 젊은이가 배에 올라타더니 밀라디에게 따라오라 했어요.

"제가 왜 당신을 따라가야 하죠? 전 클라릭 부인이에요. 윈터 경이 제 남편의 동생이고요."

밀라디가 완벽한 영어 발음으로 말했어요.

"미안하지만 같이 가 줘야겠소. 명령이오."

젊은 장교는 런던에서 멀리 떨어진 어느 성으로 밀라디를 데리고 갔어요. 탑까지 올라간 다음 작은 방으로 밀라디를 들여보냈지요. 그러고는 밖에서 육중한 문을 걸어 잠갔어요.

"내가 죄수인가 보네요. 여긴 내 감방이고요?"

밀라디가 말했어요.

"좀 기다리면 누군가 곧 와서 설명해 줄 거요."

장교가 말했어요.

밀라디는 화가 머리끝까지 났어요.

'총사대가 버킹엄 공작에게 귀띔한 게 틀림없어.'

감방에 있은 지 얼마 안 있어 문이 열리는 소리가 들렸어요. 이내 윈터 경이 들어왔어요.

"안녕하시오, 밀라디. 내 성에 온 것을 환영하오."

"어머나, 내가 당신 포로란 말이야? 대체 이게 무슨 일이 냐고?"

밀라디가 따지자 윈터 경이 말했어요.

"대담하군. 그러고도 태연히 영국에 돌아오다니."

"우리 윈터 경을 보러 왔지. 시동생을 보고 싶어 하는 게 뭐가 잘못됐어?"

"어이, 난 당신의 비밀을 알고 있소. 총사대로부터 편지 하나를 받았거든. 당신도 총사대 알잖소. 그중 하나는 당신 의 전남편이었고. 당신과 추기경이 버킹엄 공작을 두고 무 슨 꿍꿍이짓을 벌이려는지 다 알고 있소. 하지만 그런 일은 일어나지 않을 거요. 당분간은 여기서 지내게 될 테니까. 그 러고 나선 내가 당신을 멀리멀리 보내 버릴 거거든. 영국에 또 발을 들였다가는 기필코 진짜 감옥으로 보내 버리겠소."

윈터 경은 할 말을 다하고선 밖으로 나가 버렸어요. 밀라 디는 창문 옆에 앉아 바다를 바라봤어요. 탈출할 방법을 생 각해 내려 이리저리 머리를 굴렸지요.

감방에서 며칠을 보낸 밀라디는 자신을 성으로 데리고 온 젊은 장교의 이름이 펠튼이라는 걸 알게 됐어요. 펠튼은 하루에도 몇 번씩 밀라디를 보러 왔어요. 음식을 갖다 주며 더 필요한 게 있는지 물었지요. 그러다 문득 밀라디에게 좋은 생각이 떠올랐어요. 밀라디는 남자들이 자신을 아름답게 여긴다는 걸 잘 알고 있었어요. 어쩌면 펠튼이 자신에게 반하게 할 수 있을 것만 같았지요.

◆─◄

밀라디는 며칠에 걸쳐 계획을 꾸몄어요. 우선 펠튼을 자세히 살펴봤어요. 그리고 펠튼 앞에서는 본모습을 숨긴 채 마치 죄 없는 사람인 척 행세했지요. 펠튼의 행동거지도 관찰했어요. 어떻게 하면 펠튼이 자기가 꾸며 낸 말을 믿게 할지를 궁리했지요.

어느 날 밀라디는 한 가지 사실을 알게 됐어요. 자신이 갇혀 있는 이유를 펠튼이 모른다는 것을요. 밀라디는 젊은이에게 자긴 죄가 없다고 말했어요. 윈터 경과 버킹엄 공작이 한통속이라며 속였지요. 펠튼의 마음을 흔들어 자기편으로 만들려는 속셈이었어요.

"그 둘은 영국 국왕을 해치려는 계획을 세우고 있어요. 내가 비밀을 알게 되자 못된 윈터 경이 절 여기에 가둔 거예요."

밀라디가 말했어요.

펠튼은 처음에 밀라디를 믿지 않았어요. 하지만 밀라디가 워낙 순진한 척 행동하는 데다 윈터 경이 그렇게나 자기를 싫어한다고 하니 펠튼의 마음이 흔들리기 시작했지요. 그래서인지 윈터 경은 펠튼에게서 무언가 달라진 낌새를 알아차렸어요. 그래서 펠튼을 다른 도시로 보내기로 했지요.

펠튼이 떠나는 날이었어요. 밀라디는 창문에서 누군가 톡톡 두드리는 소리를 들었어요.

"펠튼, 절 구하러 오셨군요!"

밀라디가 창문을 열며 외쳤어요.

"내가 꺼내 주겠소. 쉿! 창살을 자를 시간이 필요하오. 누가 문 쪽으로 오거든 이쪽을 못 보게 하시오."

펠튼이 말했어요.

몇 시간 뒤, 펠튼이 철로 된 창살 두 개를 없애 밀라디가 빠져나올 만한 구멍을 만들었어요.

펠튼은 감방 밖으로 나온 밀라디를 해변으로 데리고 갔어요. 작은 보트를 탄 선원들이 밀라디를 기다리고 있었어요.

펠튼이 말했어요.

"내 사랑, 당신이 원하는 어디든 이 보트가 데려다줄 거요. 난 같이 가지 못하오. 런던으로 가야 하니까."

"왜요?"

밀라디가 물었어요.

"공작을 막아야 하오. 당신 말대로 국왕 폐하를 해치게 둬선 안 되니까 말이오."

펠튼의 대답을 듣고 밀라디는 기뻤어요. 펠튼이 공작을 막는다면 프랑스를 공격하지 못할 터였어요. 그러면 추기경이 맡긴 자신의 임무가 저절로 이뤄지는 거니까요. 게다가 자신은 자유의 몸이 되어 마음껏 다르타냥에게 복수할 수 있게 되었고요.

다음 날, 펠튼은 버킹엄 공작의 저택으로 달려갔어요. 문을 쾅쾅 두드리고는 중요한 소식을 전하러 왔다고 했어요. 펠튼은 방 안으로 들어서자마자 공작에게 달려들어 심한 상처를 입혔어요.

펠튼은 곧장 체포되었어요. 이내 의사가 와서 공작을 살폈지요. 의사가 말하기를 회복할 순 있지만 너무 심하게 다친 탓에 라로셸 전투에서 싸울 순 없을 거라고 했어요. 그 말인즉슨 버킹엄 공작이 프랑스의 왕비를 보지 못하게 된다는 뜻이었어요. 사랑하는 사람을 만나려 했던 공작의 계획은 물거품이 되고 말았어요.

그사이 밀라디는 프랑스에 돌아와 콘스탄스 보나슈를 숨겨 놓은 수녀원으로 향했어요. 하지만 밀라디는 콘스탄스를 실제로 본 적이 없어서 누가 콘스탄스인지 몰랐어요.

밀라디는 추기경의 포로인 척 행동하면서 여자들에게 말을 걸었어요. 누가 콘스탄스인지 알아내려 했지요. 하지만 모두 밀라디를 수상쩍게 여겼어요. 여자들의 믿음을 사기 위해 밀라디는 갖은 애를 써야 했지요.

마침내 콘스탄스를 찾아낸 밀라디는 친한 척 다가갔어요. 하루는 두 사람이 나란히 앉아 있었어요. 밀라디가 콘스탄스에게 사랑하는 사람이 있냐고 물었어요.

"다르타냥이라는 이름의 남자죠. 곧 날 구하러 올 거예요. 분명 그럴 거예요."

콘스탄스가 말했어요.

밀라디와 콘스탄스는 오고 가는 모든 사람을 살폈어요. 며칠 뒤 어떤 사람이 말을 타고 수녀원 쪽으로 전속력으로 달려오는 모습을 보았어요. 밀라디는 다르타냥일까 봐 불안

했어요. 하지만 자세히 보니, 그 사람은 바로 로슈포르 백작이었어요. 다르타냥이 묑에서 본 그 남자 말이지요. 백작을 보자 밀라디는 기뻤어요.

밀라디는 인적이 드문 곳에서 백작과 만났어요. 백작은 총사대원들이 머지않아 이곳에 들이닥칠 거라고 이야기했어요. 또한 버킹엄 공작이 부상을 입은 탓에 라로셸에서 전투는 일어나지 않을 거라 했어요. 그래서 프랑스 국왕은 군대를 도로 파리로 불러들였어요.

밀라디는 로슈포르에게 며칠 있다 아르망티에르라는 마을에서 만나자고 했어요. 콘스탄스를 그곳에 데려갈 작정이었지요.

로슈포르가 떠나자 밀라디는 콘스탄스에게 가서 거짓말을 늘어놓기 시작했어요. 방금 오빠를 만나 무서운 이야기를 들었다고 했어요. 추기경의 호위대가 밀라디와 콘스탄스를 잡으려고 수녀원으로 오고 있다고요.

"엎친 데 덮친 격으로, 다르타냥과 총사대원들이 라로셸 전투에서 싸우고 있는데 전투가 아주 격렬하대요. 당분간은 아무도 당신을 구하러 오지 못할 것 같아요."

"그럼 이제 어쩌죠?"

콘스탄스가 물었어요.

"오빠한테 마차 한 대를 보내 달라 했어요. 아르망티에르라는 마을에서 만나기로 했지요. 나와 함께 가요. 그러면 추기경으로부터 달아날 수 있을 거예요."

밀라디가 말했어요.

"하지만 다르타냥이 절 구하러 오면요?"

"이런, 오지 않을 거예요. 라로셸에서 전투가 아직도 한창이에요. 전투가 어떻게 진행될지는 아무도 몰라요."

금방이라도 다르타냥이 들이닥칠 거라는 걸 밀라디는 알고 있었어요. 그래서 마차가 도착하는 즉시 콘스탄스와 떠날 생각이었지요.

한편, 총사대원들은 파리로 돌아와 트레빌 대장에게 며칠 쉬어도 될지 물었어요. 허락을 받은 네 사람은 콘스탄스를 구하러 떠났어요.

그날 밤, 저녁을 먹기 위해 어느 여관에 들렀어요. 밖으로 나온 다르타냥은 한 남자가 급히 말에 올라타 어디론가 달려가는 모습을 봤어요. 묑에서 봤던 그 남자였어요!

"그자입니다! 저의 적 말이에요! 따라잡고 말겠어요."

다르타냥이 외쳤어요.

아토스도 남자를 쫓아가자고 했어요. 하지만 아라미스는
이내 고개를 저었어요.

"지금은 아닐세, 친구들. 저자는 파리로 돌아가는 걸세.
우린 베튄의 수녀원에 갇힌 콘스탄스를 구하러 왔잖은가.
콘스탄스를 구하는 게 먼저라네."

15장
밀라디가 꾸민 계략의 끝

그날 저녁, 힘차게 달려오는 말발굽 소리가 들렸어요. 밀라디는 다르타냥이 온 줄 알고 창문으로 후다닥 달려갔어요. 하지만 바깥에 마차가 있는 걸 보고 한시름 놓았어요. 그것도 잠시, 밀라디는 추기경의 호위대가 들이닥치기 전에 당장 떠나야 한다고 콘스탄스에게 말했어요.

"당신 말이 맞아요. 하지만 어찌해야 할지를 모르겠어요. 발이 안 떨어져요. 아직도 다르타냥이 절 찾으러 올 것만 같은걸요."

콘스탄스가 망설이자 밀라디가 말했어요.

"시간이 없어요."

바로 그때, 또다시 말발굽 소리가 들려왔어요. 멀리서 다르타냥이 보였지요!

밀라디는 콘스탄스가 다르타냥을 알아볼까 봐 겁이 났어요. 서둘러 물 잔에 작은 빨간색 알약을 몰래 떨어뜨렸어요. 그러고는 콘스탄스에게 건넸지요. 밀라디는 어떻게 해서든 다르타냥에게 복수하고 싶었어요.

"여기, 이거 마셔요. 마음을 가라앉게 해 줄 거예요. 마시고 얼른 가요."

밀라디가 말했어요.

물을 마시자마자 콘스탄스는 이상한 기운을 느끼기 시작했어요. 현기증이 훅 밀려오더니 물을 토하며 이내 풀썩 쓰러지고 말았어요.

얼마나 지났을까? 콘스탄스가 깨어나 자신이 바닥에 쓰러져 있는 걸 알았어요. 눈앞에는 다르타냥이 콘스탄스의 손을 잡고 있었어요.

"콘스탄스, 정신이 들어요?"

다르타냥이 걱정스러워하며 물었어요.

"몸이 안 좋아요. 다르타냥, 당신이에요? 오, 절 구하러 올 줄 알았어요."

콘스탄스가 힘없는 목소리로 말했어요.

아라미스가 물 잔을 집어 들고는 자세히 들여다봤어요. 조심스레 킁킁 냄새를 맡은 다음 바닥에 가라앉은 물질을 긁어내어 자세히 살펴봤지요.

"이걸 마셨소?"

아라미스가 물었어요.

"네, 그 사람이 줬어요. 여기 있나요? 절 돕고 싶어 했는데."

콘스탄스가 말했어요.

"누구 말이오?"

아토스의 물음에 콘스탄스가 대답했어요.

"클라릭 부인이요. 저처럼 여기에 갇혀 있었어요. 저한테 퍽 친절했는데. 아르망티에르로 절 데려가고 싶어 했어요."

총사대원들은 서로 눈빛을 주고받았어요. 밀라디가 콘스탄스에게 독약을 주었다는 것을 단번에 알아차렸지요. 끔찍한 일이었지만 누구도 콘스탄스를 언짢게 하고 싶지 않았어요. 몸이 무척이나 안 좋았거든요. 그래서 얼른 침대에서 쉬게 했지요.

불현듯 수녀원으로 달려오는 말발굽 소리가 들렸어요. 총

143

사대원들이 밖으로 나가 보자 윈터 경이 와 있었어요.

"여기서 만나다니 놀랍군. 클라릭 부인을 찾으러 왔소이다. 포로로 붙잡아 두고 있었는데 그만 탈출했지 뭐요. 장교 하나를 꾀어내어 도움을 받았더군. 한심한 그 녀석이 클라릭 부인, 그러니까 밀라디의 거짓말을 믿고 공작님을 찾아가 해쳤소."

윈터 경이 말했어요.

"밀라디를 찾으러 같이 떠납시다. 나도 밀라디에게 원통한 일을 당한 피해자요. 여기 있는 모두가 그런 것 같군요."

아토스가 말했어요.

잠든 콘스탄스는 수녀들에게 잠시 맡기고, 총사대원 넷과 윈터 경은 아르망티에르로 냅다 달려갔어요. 그곳의 작은 항구에 도착하자, 아토스가 몇몇 사람에게 다가가 말을 걸었어요. 그러더니 이내 말수 없는 어떤 남자와 함께 돌아왔어요. 남자는 한 마디 말도 하지 않았어요. 이윽고 모두는 밀라디를 잡으러 여관으로 향했어요. 저마다 깊고 깊은 생각에 푹 잠겨 있었지요.

여섯 사람은 살금살금 여관으로 다가가 창문 안쪽을 들여다봤어요. 탁자에 홀로 앉아 있는 밀라디의 모습이 보였어요. 순간 불빛이 번쩍였어요. 밀라디는 창문 너머로 자신을 노려보고 있던 아토스와 눈이 마주치고 말았어요. 이윽고 다르타냥이 발로 문을 뻥 차서 넷자 모두가 함께 안으로 우르르 들어갔어요.

"원하는 게 뭐예요?"

밀라디가 외치자 아토스가 대꾸했어요.

"지금부터 당신의 죄를 묻겠소. 다르타냥, 먼저 하시게."

다르타냥이 말을 이어받았어요.

"당신은 나와 친구들을 죽이려 했습니다. 그중 최악은 내 사랑 콘스탄스 보나슈를 납치하고 독약을 먹였다는 겁니다."

그때 윈터 경이 앞으로 걸어 나왔어요.

"당신 때문에 버킹엄 공작이 공격을 받아 심하게 다쳤소."

"이제 내 차례군. 당신은 나를 속이고 거짓 행세를 하며 나와 결혼했소. 내가 그 사실을 알게 되자 날 죽이려고 들었고."

아토스가 말했어요.

부두에서부터 함께 온 말 없는 남자가 들어왔어요. 아토스가 밀라디를 가리키자 남자는 밀라디를 붙잡고는 등 뒤로 두 팔을 묶었어요. 그런 다음 눈가리개를 씌워 눈을 가렸어요.

"이 친구가 당신을 보트에 태워 멀리 떨어진 곳에다 버리고 올 것이오. 그런 다음에는 한참을 바다에 떠돌게 되겠지. 프랑스나 영국으로 돌아올 생각은 꿈도 꾸지 마시오. 그나마 목숨은 건진 채 떠날 수 있게 된 것을 감사히 여기시오."

아토스가 말했어요.

◆━

파리로 돌아온 네 명의 총사가 저녁 식사를 하고 있었어요. 그때 묑에서 본 그 남자가 갑자기 다가왔어요.

"드디어 만났군. 이번에는 달아나지 못할 거요."

다르타냥이 칼을 빼내 들며 말했어요.

"달아날 생각 없소. 실은 당신을 찾아온 거요. 국왕 폐하와 추기경님의 이름으로 당신을 체포하겠소. 지금 당장 나와 함께 가야겠소이다. 당신 목숨이 위태롭게 됐소."

남자가 말했어요.

"당신 정체가 뭡니까?"

다르타냥이 물었어요.

"난 로슈포르 백작이라고 하오. 추기경님을 모시고 있소. 당장 당신을 데리고 오라는 명을 받았소."

로슈포르가 말했어요.

다르타냥이 친구들을 쳐다봤어요. 자신을 위해 친구들이 함께 싸워 줄 거라는 걸 알고 있었지요. 하지만 추기경과 확실히 담판을 지어 문젯거리를 끝맺고 싶었어요.

"좋습니다. 당신과 가겠습니다. 대신 친구들도 함께 가게 해 주십시오. 집무실 바깥에서 기다리라고 하면 됩니다."

다르타냥이 말했어요.

"추기경님이 바라던 바요. 기뻐하실 거요."

로슈포르가 말했어요.

집무실에 들어서니 추기경이 책상에 앉아 있었어요. 다르타냥은 고개 숙여 인사한 다음 마주 놓인 의자에 앉았어요.

"자넨 수많은 범죄를 저질렀네. 버킹엄 공작을 도운 데다 악착같이 내 계획을 망치려 들었지. 한마디로 말해 자넨 반역자라네."

추기경이 말했어요.

그러자 다르타냥이 물었어요.

"누가 그럽니까? 클라릭 부인이라는 여인이 그러던가요?

아마 그녀를 밀라디라고 알고 계시겠죠. 그 여자는 살인자
에다 탈옥한 도둑입니다.”

“그 말이 사실이라면 벌을 받게 될 테니 걱정 마시게.”

“벌은 이미 받았습니다. 멀리 쫓아내 버렸거든요. 두 번
다시는 프랑스나 영국으로 돌아오지 못할 겁니다. 확실히
일 처리를 해 놨으니까요.”

“자네에겐 그런 결정을 할 권리가 없다네! 자넨 재판관이
아니야. 그따위 행세를 했다가는 처벌받을 수도 있네.”

“압니다. 벌을 주시면 달게 받겠습니다.”

“용기가 있구먼. 정녕 죄를 물어 벌을 내릴 수도 있다는
거, 알고 있는가?”

추기경이 물었어요.

“알고 있습니다. 하지만 추기경님도 아셔야 할 게 있습니
다. 아무리 죄를 물으려 하셔도 전 용서받게 될 겁니다.”

다르타냥이 말했어요.

“용서? 누가 자네 죄를 용서한단 말인가? 국왕 폐하가?”

“아닙니다. 추기경님이 이미 저를 용서하셨습니다.”

“정신이 나갔나 보군.”

“직접 쓰신 글씨는 알아보시겠죠?”

다르타냥이 문서 한 통을 건네며 물었어요. 아토스가 밀라디한테서 뺏은 바로 그 문서였지요.

이 문서를 가지고 있는 자는 날 위해 일하는 사람이니 무슨 죄를 저지르건 그 어떠한 벌도 받지 않는다.

리슐리외 추기경

추기경이 조심스레 문서를 읽더니 다르타냥을 한참 동안 뚫어져라 쳐다봤어요.

'과연 범상치 않은 젊은이로군. 밀라디는 곁에 두기에 위험한 사람이었지. 어쩌면 없어진 게 나은 걸지도 모르겠군.'

추기경은 생각에 푹 잠긴 채 손에 든 문서를 말았다 폈다하다 이내 다르타냥을 쳐다봤어요. 모험 내내 온갖 괴로움을 견뎌 낸 젊은이의 모습이 눈에 들어왔지요. 추기경은 다르타냥의 눈앞에 밝은 미래가 놓여 있다고 생각했어요. 용감하고 지혜로운 젊은이를 곁에 두는 건 좋은 일이었지요.

추기경이 느릿느릿한 손놀림으로 문서를 찍 찢었어요.

'이제 끝이구나.'

급기야 다르타냥은 추기경에게 고개를 숙였어요.

추기경은 새 종이를 한 장 꺼내 짧은 글을 쓰고는 다르타냥에게 건넸지요.

"대신 이걸 자네에게 주겠네. 국왕 폐하께서 허락하신 거라네. 이 문서에는 이름이 없다네. 그러니 자네가 직접 이름을 쓰게나."

추기경이 말했어요.

다르타냥은 새 문서를 읽었어요. 진급에 대한 내용이 쓰여 있었어요! 문서에 이름을 쓰기만 하면 총사대 대위가 될 수 있었지요. 다르타냥이 한쪽 무릎을 털썩 꿇었어요.

"추기경님, 기꺼이 제 목숨을 바치겠습니다. 다만 이런 호의를 받아도 될는지 모르겠습니다. 받을 만한 자격은 오히려 삼총사에게……."

다르타냥의 말허리를 끊고 추기경이 이어 말했어요.

"자넨 용감하고 너그러운 젊은이일세. 문서는 하고 싶은 대로 하게. 그러나 명심하게. '자네'한테 준 거라네. 난 '자네'가 진급하길 바란다네."

추기경의 집무실을 나온 다르타냥은 삼총사에게 가서 문서를 보여 줬어요. 한 명 한 명에게 문서를 건넸지만 모두 손사래를 쳤어요.

"자네는 그만한 자격이 있다네."

아토스가 말했어요. 그러고는 문서에 '다르타냥'이라고 썼어요.

어떻게
생각하나요?

생각을 나누어 보아요

재미있게 책을 읽었나요? 이제 여러분이 읽은 책에 관한 질문이 조
금 있다가 나올 거예요. 하지만 이건 시험이 아니랍니다! 여러분이
이야기 속의 인물, 장소, 사건을 여러 각도로 바라볼 수 있도록 도와
주는 질문들이지요. 특별히 정해진 답은 없답니다. 다음 질문에 여러
분의 의견을 써 보세요. 이 이야기와 여러분 자신에 관해 더 많은 것
을 알아내는 즐거움을 누릴 수 있답니다.

1. 삼총사의 구호는 '하나를 위한 모두, 모두를 위한 하나.'이지요. 무슨
뜻이라고 생각하나요? 여러분에게도 이토록 멋진 친구들이 있나요? 여
러분도 누군가에게 멋진 사람인가요?

- -

- -

- -

- -

- -

2. 포르토스는 아라미스에게 성직자가 되든지 총사가 되든지 하나만 선택해야 한다고 말합니다. 둘 다는 안 된다고 하지요. 왜 안 될까요? 어느 쪽이 아라미스에게 더 잘 맞는다고 생각하나요?

----

3 . 국왕으로부터 상금을 받은 다르타냥에게 삼총사는 조수를 하나 두라고 합니다. 여러분이라면 조수를 구할 때 어떤 자질을 중요하게 볼 것 같나요? 총사의 조수가 되고 싶은 마음이 있나요?

----

4. 아토스는 왜 다르타냥을 대신해서 감옥에 가기로 했을까요? 여러분은 친구를 보호하기 위해 거짓말을 한 적이 있나요? 이제껏 했던 거짓말 가운데 가장 터무니없었던 거짓말은 무엇인가요?

----

5. 다르타냥은 비밀이 하나 있다고 트레빌 대장에게 말하지요. 그러자 대장은 자신에게 비밀을 말하지 말라고 했어요. 누군가 여러분에게 비밀을 말한 적이 있나요? 여러분이 지킨 가장 큰 비밀은 무엇이었나요?

----

6. 왜 밀라디가 다르타냥을 그토록 싫어한다고 생각하나요? 여러분에게도 여러분을 미워하는 적이 있었나요?

----

7. 포르토스는 싸우다 져서 다쳤으면서도 그냥 넘어져서 다친 거라고 말했어요. 포르토스는 왜 거짓말을 했을까요? 여러분도 진실을 털어놓지 못한 적이 있나요? 무슨 일이었나요?

----

8. 총사대원들이 밀라디를 멀리 쫓아내 버린 게 옳았다고 생각하나요? 국왕이나 추기경이 대신 밀라디에게 벌을 주도록 됐어야 했을까요? 여러분이 총사대원이라면 어떻게 했을까요?

---

9. 대위로 진급시켜 주는 문서에 아토스가 다르타냥의 이름을 써서 놀랐나요? 여러분은 누구의 이름을 쓰고 싶었나요? 누가 제일 진급할 만한 자격이 있었다고 생각하나요?

---

10. 총사마다 남들과는 다른 특징을 지니고 있지요. 주변에 총사대원과 같은 사람이 있나요? 여러분은 어느 총사가 제일 마음에 드나요?

작품에 대하여

1844년에 발표된 『삼총사』는 군주제가 단단히 뿌리내려져 있던 17세기 프랑스를 배경으로 합니다. 주인공 다르타냥을 비롯해 당시 국왕이었던 루이 13세와 왕비 안 도트리슈, 리슐리외 추기경, 버킹엄 공작 등 역사적으로 실제 있었던 인물과 작가의 자유로운 상상력으로 탄생한 삼총사와 기타 인물들이 등장하지요.

『삼총사』는 실제 역사를 배경으로 복잡하게 얽힌 음모를 반전 가득한 긴장감과 박진감이 넘치게 쓴 이야기입니다. 나쁜 사람들을 물리치고 정의를 바로 세우며 흔들리지 않는 우정으로 어려움을 함께 헤쳐 나가는 삼총사와 다르타냥의 모습에서 독자들은 용맹과 믿음을 읽어 낼 수 있을 것입니다.

이 책의 작가, 알렉상드르 뒤마는 죽기 전 자신이 가장 좋아하는 작품은 바로 『삼총사』라고 고백했다고 해요. 작가가 애정을 가졌던 이 작품은 연극, 영화, 뮤지컬, 애니메이션 등 다양한 매체로 다시 만들어져 오늘날까지도 사람들에게 감동을 주고 있답니다.

작가에 대하여

알렉상드르 뒤마(Alexandre Dumas, 1802-1870)는 프랑스의 작은 마을 빌레르 코트레에서 태어났습니다. 나폴레옹 군대의 장군이었던 아버지가 일찍이 세상을 떠나면서 뒤마는 힘든 어린 시절을 보냈습니다. 집안 형편이 어려웠던 탓에 제대로 된 교육을 받지 못했지만 책을 많이 접하며 읽고 쓰는 능력을 길렀습니다.

생계를 위해 수도 파리로 이동한 뒤마는 희곡 「앙리 3세와 그의 궁정」을 발표하면서 인기 극작가가 됩니다. 역사극 극작가로 명성을 얻은 뒤로 프랑스 역사를 배경으로 한 『삼총사』, 『몬테크리스토 백작』 등의 역사 소설을 쓰기 시작합니다. 이야기의 흐름이 빠르고 역사와 지어낸 이야기가 잘 어우러져 독자들의 큰 인기를 얻었습니다.

하지만 엄청난 인기와 명예에 취해서인지 뒤마는 사치스럽게 살았습니다. 250편이 넘는 작품을 써서 큰돈을 벌었지만 곧 다 써서 없애기에 이르지요. 결국 뒤마는 궁핍한 생활에 허덕이며 고생하다가 뇌졸중으로 조용히 세상을 떠났습니다.

고전 문학 읽기의 즐거움

첫인상은 매우 중요합니다.

새로운 사람을 만나건 새로운 장소에 가건, 또는 읽을 책을 고르건, 첫인상은 무척 중요하지요. 첫인상이 좋지 않으면 앞으로의 새로운 만남이나 도전에 겁을 먹고 피하게 되니까요.

『삼총사』는 전 세계 사람들에게 오랜 세월 동안 사랑받은 이야기예요. 그런 이야기들을 '고전'이라고 부르지요. 여러분은 이 책을 읽고 어떤 첫인상을 받았나요? 이처럼 긴 이야기를 읽을 수 있어서 뿌듯했나요? 또한 이야기를 읽으면서 다르타냥, 아토스, 아라미스, 포르토스와 좋은 친구가 되었나요?

이처럼 고전은 다양하게 많이 읽을수록 좋아요. 하지만 아이들은 어려운 단어가 많이 나오고 내용이 긴 고전을 쉽게 읽기가 어렵지요. 또한 고전 속 풍부한 사건이나 등장인물들에 대해 이해하기 어려울 수 있어요. 이때 재능 있는 동화 작가들이 고전을 간추려 새로 공들여 쓴 이야기는 어린이들이 쉽고 재미있게 고전을 이해할 수 있도록 도와줘요.

아이들이 고전에 관심을 갖고 자극을 받게 되면 좀 더 다양한 주제와 등장인물이 나오는 고전을 찾게 되지요. 독서 능력이 커지면 커질수록 간추린 고전이 아닌, 내용이 훨씬 길고 어렵더라도 원래 그대로의 이야기를 읽고 싶은 욕망 또한 자연스레 솟아나지요.

고전 문학은 어린이들이 가정과 사회 속에서 자라면서 자기 자신을 더 잘 이해할 수 있게 도와줘요. 이 시리즈는 아이들이 고전을 읽고 활발하게 자기 생각을 토론할 수 있는 질문들도 풍부하게 실었어요. 부모님, 선생님, 친구들과 함께 질문에 대해 생각해 보고 이야기를 나눠 보세요. 우리가 사는 이 시대의 생각들, 지나간 시대에 중요하게 생각했던 가치나 기준들을 비교해 생각해 볼 수 있어요. 그 외 매우 다양한 방식으로 고전 문학들을 감상할 수 있답니다.

고전 문학 읽기의 즐거움을 어린이들과 함께 나누고, 진짜 같은 상상의 세계로 안내하는 이 고전 시리즈를 전 세계 어린이들과 함께 즐겨 보세요.

교육학 박사 아서 포버
Dr. Arthur Pober, EdD

작가들 소개

다시 씀 **올리버 호**
올리버 호는 어린이들을 위한 책을 여러 권 출판했고, 그의 시와 논픽션은 다양한 잡지에 실렸습니다.

옮김 **조현진**
한국외국어대학교에서 스페인어와 영어를 전공했어요. 동대학교 TESOL대학원에서 '영어교육콘텐츠개발' 석사학위를 받았고, 초중등 영어교재 및 콘텐츠 개발하는 일을 했어요. 〈한겨레 어린이*청소년책 번역가그룹〉에서 공부했으며, 옮긴 책으로는 『페이지스 서점』 시리즈, 『하늘을 나는 발명왕 마리엘라』, 『멀린 10』 등이 있습니다.

그림 **김완진**
대학에서 서양화를 공부하고 지금은 일러스트레이터로 활동하며 주로 어린이책에 그림을 그리고 있습니다. 잊고 지내 온 저의 어린 시절을 떠올리며 아이들과 마음을 나눌 수 있는 이야기를 꾸미고 그림으로 그리려고 노력하고 있습니다.
쓰고 그린 책으로는 『공룡 아빠』, 『하우스』, 『BIG BAG 섬에 가다』가 있고 그린 책으로는 『세상에서 가장 가난한 편의점』, 『시간으로 산 책』, 『딱 하나만 더 읽고』, 『아빠는 잠이 안 와』, 『오늘 또 토요일?』, 『우리 빌라에는 이상한 사람들이 산다』, 『늙은 아이들], 『슈퍼 히어로 우리 아빠』, 『슈퍼 히어로 학교』, 『우리 모두 주인공』, 『일기 고쳐 주는 아이』 등 다수의 책이 있습니다.

추천 **교육학 박사 아서 포버**
유아기 아동과 영재 아동 교육 분야에서 20년 이상 활동했어요. 영재들을 위한 학교로 세계적으로 유서 깊은 헌터칼리지 영재 학교의 교장이었고, 뉴욕시의 25,000명 이상의 청소년들을 위한 특수 학급의 책임자였어요.
또한 미디어와 아동 보호 분야에서 공인된 권위자이며, 현재는 미디어 및 유럽 광고표준 연합을 위한 유럽 협회의 미국 대표예요.

연초록 세계 명작 ✒

연초록 세계 명작은 어린이들에게 세월이 흘러도 그 가치가 바래지 않는 고전 작품들을 만나게 해 줍니다. 뛰어난 화가들이 그린 아름답고 상상력 풍부한 그림으로 생생하고 감동적인 이야기 속에 푹 빠져 보세요.

블로그에서 독서지도안을 다운받으세요.
https://blog.naver.com/aramy777

"하나를 위한 모두, 모두를 위한 하나!"
삼총사와 다르타냥은 프랑스 왕실을 구하기 위해
목숨을 건 위험천만한 모험에 나서요.
이들은 과연 임무에 성공할 수 있을까요?

74840

9 791192 874296

값 10,000원

ISBN 979-11-92874-29-6 979-11-92874-01-2 (세트)

연초록 세계 명작 16

모히칸족의 최후

The Last of The Mohicans

제임스 페니모어 쿠퍼 원작

조현진 옮김 김성용 그림

연초록

제임스 페니모어 쿠퍼 원작
James Fenimore Cooper

미국 뉴저지주의 대지주 아들로 태어나 유복한 집안에서 자랐습니다. 아버지가 변경 지대를 개척하여 정착한 '쿠퍼스타운'이라는 마을에서 자라난 쿠퍼는 개척지와 미개척지, 원주민들의 삶을 자연스레 받아들였습니다. 이러한 유년 시절은 훗날 쿠퍼가 소설을 쓰는 데 탄탄한 밑바탕이 됩니다.
쿠퍼는 역사적인 사실이나 인물을 소재로 하여 자신의 상상력을 덧붙인 역사 소설을 많이 남겼습니다. 미국 독립 전쟁을 다룬 소설『스파이』외에도『개척자들』,『모히칸족의 최후』등 변경 지대의 백인과 원주민의 관계를 다룬 5부작 소설로 미국 문학사에서 중요한 위치를 차지하게 됩니다.

조현진 옮김

한국외국어대학교에서 스페인어와 영어를 전공했어요. 동대학교 TESOL대학원에서 '영어교육콘텐츠개발' 석사학위를 받았고, 초중등 영어교재 및 콘텐츠 개발하는 일을 했어요. 〈한겨레 어린이*청소년책 번역가그룹〉에서 공부했으며, 옮긴 책으로는『페이지스 서점』시리즈,『하늘을 나는 발명왕 마리엘라』,『멀린 10』등이 있습니다.

김성용 그림

대학에서 애니메이션을 공부하다 사회생활을 했습니다. 늦은 나이에 일러스트레이터가 되어 재미있는 책을 만들기 위해 노력하고 있어요. 그린 책으로는『내 일터는 타워크레인』,『북적북적 도시』,『구스범스』등이 있습니다.

디자인 이하나
연초록은 도서출판 아라미의 브랜드입니다.